Une main sur votre épaule

Sylviane Chatelain

Une main sur votre épaule

Bernard Campiche Editeur 

Cet ouvrage est publié avec l'appui
du Service des affaires culturelles du Canton de Berne

« Une main sur votre épaule »,
cent soixante et unième ouvrage
publié par Bernard Campiche Éditeur,
a été réalisé avec la collaboration de Line Mermoud,
Huguette Pfander, Marie-Claude Schoendorff,
Daniela Spring et Julie Weidmann
Couverture et mise en pages : Bernard Campiche
Photographie de couverture : Philippe Pache, Lausanne
Photographie de l'auteur : Philippe Pache, Lausanne
Photogravure : Bertrand Lauber, Color+, Prilly,
& Cédric Lauber, L-X-ir Images, Prilly
Impression et reliure : Imprimerie Clausen & Bosse, Leck
(Ouvrage imprimé en Allemagne)

ISBN 2-88241-161-8

Grand-Rue 26 – CH-1350 Orbe
www.campiche.ch

Le Pianiste

La main gauche se soulève, passe par-dessus la droite ouverte sur le clavier, enfonce une touche. Sous les doigts de la main droite, des pas pressés, précipités, les pas de quelqu'un qui se hâte, cherche une issue ou peut-être un objet perdu, indispensable, et le temps passe, tandis que l'autre main insiste, répète la même note claire, pensive, qui dure encore dans le silence, suspendue au doigt levé qui retombe, léger et pourtant si ferme, sa force sur la touche parfaitement mesurée, une note claire comme un avertissement, une question qui se répète, n'obtient pas de réponse, insiste, sans tristesse ni colère, sans aucune impatience, je l'ai entendue déjà, avec la même inquiétude imprécise, le même désir de me souvenir, mais de quoi, de quelle offre négligée, de quel accord perdu ?

*

* *

La silhouette du pianiste est massive, austère, les épaules carrées et le dos voûté. Un corps pesant, emprisonné dans l'habit de concert, soudé à la masse luisante du piano seul d'abord à occuper la scène, mais dès qu'il est entré, dès qu'il l'a pu, il a posé la main sur son flanc et quand il s'est tourné pour saluer, de l'autre main, il le tenait encore, ensuite, d'un mouvement rapide, il a écarté les basques de son habit, il s'est assis et il a joué. Tranquille, aucun balancement du torse ni des épaules, la tête droite, nos corps serrés dans la pénombre et lui seul dans la lumière, comme sur une île embrassée par les vagues retenues de nos souffles.

*
* *

Sa main droite cherche un objet, un chemin perdus, la gauche répète son appel tenace, une fois encore, la dernière. Il reste assis un instant, les mains sur les genoux, j'aimerais retenir les applaudissements, mais dès qu'il se lève, ils éclatent et il s'en va, revient, salue encore et s'enfuit. Tous autour de moi se lèvent, je suis debout aussi, comme eux je me dirige vers la sortie.

Il est assis dans sa loge. Il écoute le bruit des applaudissements décroître, hésiter, s'interrompre brusquement et s'évanouir le murmure des gens qui quittent la salle.

Mais dans la voiture qui me ramène chez moi, je l'entends encore. La route s'éloigne de la ville. Les fermes dorment dans les plis des vallons. Des troupeaux d'arbres veillent, groupés sur le dos des collines. La lune est pleine, c'est pourquoi les prés ont cette apparence, la couleur du gel, de l'herbe blanchie et cassante des matins de grand froid d'avant la neige. La route s'élève un peu avant de plonger dans la vallée. Nous traversons des villages, une fois de plus je regarde défiler les faces familières de chacune de leurs maisons.

La porte du garage se referme avec un bruit sourd, les pavés de l'allée sont recouverts de feuilles mortes qu'il faudra bien enlever, mais c'est dommage, elles couvrent le chemin d'un tapis somptueux, un nuage avale la lune.

La clé tourne dans la serrure, la porte s'ouvre en grinçant, comme tout se répète. Je cherche la lumière. Avant d'ôter mon manteau, je vais à la fenêtre. Le nuage a disparu. La lune brille de nouveau. Sur le banc, au fond du jardin, elle dessine une ombre trapue qui lui ressemble. Mais elle est voilée par un autre nuage et d'un coup le jardin se noie dans la nuit.

*
* *

Ou alors il est assis, les mains sur les genoux, mais pas dans sa loge, dans la pièce d'une maison inconnue et je suis là aussi, debout à la fenêtre. Il se lève, il se tient à côté de moi, droit, les mains nouées dans le dos.

Ensemble nous regardons le parc, le mur, au-delà les collines couchées paisiblement l'une derrière l'autre, leurs plis de soie grise toujours plus transparente et ténue et, entre elles et le mur, le chemin déchiré par les ombres brusques des oiseaux, labouré par les ombres plus lentes des nuages.

Il se retourne, s'approche du piano, s'assied. Ses bras se soulèvent d'eux-mêmes et déjà je ne le vois plus très bien dans la nuit qui s'avance, monte autour de lui, la lueur des touches blanches seulement, comme un vague sourire, à peine ses mains et leurs reflets qui dansent, qui se rejoignent, se séparent, se retrouvent, et elles aussi s'effacent, mais je les entends, elles se promènent sur les notes comme le vent sur les arbres, parfois violent, parfois pensif, à peine perceptible, et maintenant que la nuit s'est refermée aussi étroitement que le couvercle du piano, aussi étroitement que le silence, je cherche sa main, je serre ses doigts entre les miens, le moment est venu de partir et nous ignorons tout de ce qui nous attend.

Bernard Campiche Editeur

Notre site internet

www.campiche.ch

vous tient régulièrement au courant
de nos activités éditoriales.
Vous pouvez également nous demander
de vous informer régulièrement sur notre travail,
par courrier postal ou électronique,
en nous retournant cette carte,
dûment remplie au verso.

Affranchir
s.v.p.
Merci !

Demande d'information

Si vous désirez être tenu au courant des publications de Bernard Campiche Éditeur, il vous suffit de remplir cette demande et de nous l'adresser.

Vous recevrez, sans engagement de votre part, la documentation sur les nouveautés que vous trouverez chez votre libraire.

Nom ....

Prénom ....

Rue ....

NP .... Localité ....

Courriel ....

Bernard Campiche Éditeur
www.campiche.ch
Grand-Rue 26
CH-1350 Orbe

I

LA VOITURE ralentit. J'approche mon visage de la vitre. Les maisons serrées d'un village surgissent, leurs façades éblouies, apeurées, trop brusquement tirées de leur torpeur par la lumière des phares, défilent, s'effacent. Ensuite un petit pont, entre deux rangées d'arbres le dos luisant d'une rivière, plus loin, à peine, un arrêt, le temps que pivotent les lourds battants d'une grille, de nouveau la voiture roule, à contrecœur dirait-on, comme on va s'échouer lentement, emporté par le courant.

De chaque côté de l'allée, sur les pelouses, des bosquets, tassés dans la maigre lueur de quelques réverbères, attendent le jour.

La voiture se gare, moteur coupé, une brève hésitation, le désir soudain aigu de fuir, mais la portière s'ouvre, il est trop tard. Je marche sur une épaisse couche de gravier qui se creuse sous chacun de mes pas, sur la pierre d'un perron, la porte est massive et je regrette la légèreté de la route, le défilé continu de ses rives, le ruissellement de la nuit à la surface des vitres, tandis qu'elle se referme dans mon dos, presque sans bruit, avec un soupir seulement qui se prolonge. Quelqu'un, une femme, soulève ma valise, je la suis sur les marches recouvertes de tapis d'un haut escalier de bois, réconfortée de sentir sous mes doigts la main courante, de la découvrir usée par une infinité d'autres doigts. Nous avançons, des escaliers, des couloirs, un labyrinthe, et partout, sur les lames sombres du parquet, ce tapis étroit, d'un rouge un peu passé, déroulé devant nous comme une passerelle jetée sur le vide, je n'ose regarder autour de moi, je m'efforce de ne pas trébucher, de ne pas m'en écarter. La chambre enfin, des murs, des draps blancs, l'inoffensive lumière d'une lampe de chevet, douce sur mes paupières maintenant que mes yeux se ferment et j'entends, de loin déjà, les pas de celle qui m'a conduite ici, qui s'affaire encore, range peut-être mes affaires dans l'armoire, les retire de cette valise que je ne me souviens pas d'avoir faite, j'ignore ce qu'elle contient, j'attends le sommeil et ses rêves que j'espère innocents, fluides et toujours changeants, qu'ils me frôlent et s'évanouissent comme tout à l'heure les arbres sur le bord de la route, les faces muettes des maisons, le dos lisse de la rivière, son dos de serpent qui se faufile et se perd dans le fond de la nuit.

*
* *

Longtemps j'ai regardé, sans chercher à comprendre, cet imprévisible mouvement de vagues, cette respiration capricieuse, tantôt lente, presque imperceptible, tantôt saccadée, comme celle d'un dormeur brièvement agité et de nouveau paisible, ces souples ondulations de plis qui se gonflent et se creusent, le va-et-vient incessant d'une étoffe claire, et maintenant je sais, ce sont des rideaux tirés devant une fenêtre, un des battants doit être entrouvert et laisser passer un irrégulier courant d'air, la fenêtre et les rideaux d'une chambre inconnue.

Je me suis levée pour les écarter. D'ici je vois le parc que j'ai traversé hier, ou peut-être était-ce avant, je me demande si je n'ai pas dormi davantage, vaste à l'intérieur d'un haut mur, désert, encore assoupi, l'allée qui se dirige de biais vers la grille, des sentiers autour des bosquets, je les suis des yeux l'un après l'autre, aucun ne tente de s'échapper, ne se heurte au mur, n'aboutit à une porte, tous rejoignent l'allée ou reviennent ici, au bas de ma fenêtre, sur cette place, devant la maison, semi-circulaire, couverte de gravier et bordée de bancs.

Je connais la vue que j'aurai de ma chambre. Je pourrai, pendant combien de temps, observer ses métamorphoses, le ciel n'est jamais le même, ni la couleur des feuilles, du bois nu en hiver, ni même celle de la pierre.

J'ai refermé les rideaux, je me suis retournée lentement, devant moi le lit qui me barre le passage, de l'autre côté la porte blanche dans un mur blanc, quelques meubles sans importance, les fleurs entrelacées d'un tapis, une pièce nette à part les draps froissés et, à ma gauche, ce curieux renflement, cette niche qui s'arrondit à la place de l'angle, qui s'étire au-delà des murs, suspendue, ouverte aussi sur le vide par trois hautes fenêtres, à l'intérieur une table, une chaise, un fauteuil, un de ces fauteuils lourds aux formes trop pleines qui m'inquiètent parce qu'ils réveillent en moi je ne sais quel souvenir, quelle silhouette enfouie, des doigts accrochés aux accoudoirs, un visage basculé en arrière, des yeux clos, des lèvres blanches.

Je reste là, j'observe la porte, à tout moment quelqu'un peut l'ouvrir, me surprendre, il n'y a pas de clé dans la serrure, ou bien à l'extérieur et je suis enfermée, à quoi bon le vérifier ? D'ici je ne vois pas la rivière ni le village, seulement le parc et le mur, l'allée et la grille, des bancs vides et, nouées autour des bosquets, les boucles des sentiers.

De la maison, de ses couloirs ne me parviennent que des bruits indéchiffrables, voix incertaines, pas qui s'approchent et passent sans s'arrêter. Je suis seule. Je n'ai pour me défendre que le lit, le drap tiré sur ma joue, le sommeil, vrai ou simulé.

*

* *

Je ne sens plus le cours du temps. Je me souviens qu'il se frayait un passage, plus ou moins vite, entre des rives plus ou moins escarpées. Maintenant il se répand sur un sol sableux qui l'absorbe aussitôt. Sable, horizon de sable, mon ombre et tendu. Le blanc du papier pour la peau, ni ombres ni rides. Pour le reste, rien que les traits durs, saccadés d'une plume lourde. Les lignes anguleuses, sinueuses des cheveux, le nez large, la tache noire de la bouche aux lèvres jointes, mais que l'on devine frémissantes, peut-être sur le point de s'entrouvrir, les arcs épais des sourcils et les plis des paupières confondus. Et c'est tout. Les yeux manquent. C'est un visage sans regard, modelé pourtant par ce qu'il voit, l'image qu'il est occupé à retenir sous ses paupières fermées, reflet seulement pour nous, et dont il faut bien se contenter, d'une vision, d'une lumière née d'une source inconnue, bref flamboiement de soleil entre les nuages, brûlure soudaine d'un désir, d'un regret.

*

* *

Cette nuit je suis sortie. Le ciel était clair et les ombres accueillantes. Pour la première fois, j'ai posé la main sur la poignée de la porte qui s'est ouverte sans bruit. J'ai suivi le fil rouge du tapis, tous dormaient, des veilleuses éclairaient faiblement les couloirs, les formes pleines des fauteuils ramassés dans les coins et les portraits rangés sur les murs, ces étranges visages tourmentés ou moqueurs qui ressemblent tous à celui de ma chambre.

J'ai trouvé un escalier, mais ce n'était pas le même que j'avais emprunté le premier jour, celui-ci aboutissait à un étroit palier alors que je me souvenais d'un vaste hall. Et dehors aussi tout était différent : pas d'allées, de sentiers ni de bosquets, un pré seulement, au-delà la lisière d'un bois, sa masse sombre et confuse qui cachait entièrement le mur.

Sans m'éloigner de la maison, j'ai entrepris d'en faire le tour et, de nouveau, je sentais rouler le gravier sous mes pas. Je me suis arrêtée au pied de ma chambre, comment avais-je pu ne pas remarquer, le soir de mon arrivée, la tourelle suspendue à l'un des angles, son insolite rondeur, seules courbes sur toute la surface austère des façades, l'alignement rigoureux de leurs hautes fenêtres, chacune divisée encore en petits carreaux ? On aurait dit qu'elle avait poussé là dans le foisonnement de l'arbre et de ses branches, qu'elle avait grandi comme un corps de pierre entre ses bras.

Et maintenant je reconnaissais le large perron et la place bordée de bancs. Je l'ai traversée, j'ai continué en m'éloignant de la maison, c'est de ce côté-ci que devait couler la rivière, j'ai longé le mur, tâtonné longtemps, j'ai dû trouver une porte, où, je ne m'en souviens pas, seulement de m'être installée sur la berge, entre les racines, et que tout était tranquille, l'eau lisse, sans remous ni murmures, rien qu'une fuite égale, indifférente. Dans mon dos le mur, à ma gauche, à ma droite et sur l'autre rive les hachures régulières des troncs et, sous l'arche du pont, cette coulée noire, le saignement d'une blessure indolore, étrangère, c'était mon corps pourtant qu'elle usait et rongeait en même temps que le lit de la rivière, c'étaient mes forces qu'elle emportait.

J'ai eu de la peine à rentrer, à retrouver ma chambre. Les couloirs de cette maison s'allongent et se ramifient, le fil rouge du tapis se dévide sans cesse, aboutit à de nouvelles pièces, à mon passage les portraits s'animent, se rient de moi et de ma fatigue et les fauteuils à l'affût guettent le moindre faux pas. Mais je suis de retour. J'écoute les bruits familiers du matin. Les rideaux vont et viennent, respirent à petits coups et la femme sur le mur veille toujours, les yeux fermés, un début de sourire aux lèvres.

*
* *

Le soleil qui monte au-dessus du mur est aussi pâle qu'une lune, il court derrière un voile épars, poussiéreux de nuages gris. Bientôt les jours vont s'allonger, des bourgeons alourdir les branches, brouiller la netteté de leur dessin, ensuite se déplieront des feuilles luisantes, d'un vert humide de peinture fraîche, et les fines silhouettes des arbres s'élargiront, épanouies et satisfaites dans la chaleur de l'été.

Pour l'instant les rideaux me protègent et les mailles serrées des branches qui me permettent de voir sans être vue, de voir l'image fragmentée du parc, irréelle, bribes de pelouses et de chemins sur lesquels des inconnus se promènent, toujours seuls, ils s'éloignent, tournent autour des bosquets, reviennent, aucun sentier ne se perd, d'autres, assoupis sur les bancs, oubliés, attendent le soir. Et moi aussi j'attends que tous rentrent, que la maison s'apaise, mais une ombre rôde encore, passe, oblique, sur la pelouse, dans la lumière des réverbères, se coule dans l'ombre ronde d'un massif, dans celle allongée d'un tronc, le parc semble désert, mais je sais qu'elle est là, si proche, sans doute bienveillante, il vaudrait mieux qu'elle se montre, pourtant je recule, est-ce que vous pensez à moi quelquefois, vous commencez une phrase qui m'est destinée, vous esquissez un geste et vous vous arrêtez, vous ne faites que vous heurter à l'autre face du mur et la nuit vient, regardez-la s'appuyer lourdement aux carreaux de ma fenêtre.

*

* *

Je cherche ma chambre, toutes les portes se ressemblent. Je suis allée jusqu'au bord du pré, jaune et desséché il y a peu, mais déjà l'herbe y repousse, le couvre d'une mince et souple toison. Aucun chemin n'y est tracé, personne ne l'a traversé. Il m'a rappelé ces champs de neige encore intacts, dont on voudrait pouvoir caresser les courbes veloutées, les sentir passer sous la paume de sa main ouverte. La neige, son silence, même quand le vent la brasse, la secoue des arbres, les branches libérées de leur poids se redressent, un peu d'écume retombe, sans bruit, et il s'obstine, tourne en rond, mais aucune voix ne lui répond, aucun murmure, ses hurlements s'épuisent, s'éteignent, la solitude grandit autour des bois et des maisons.

Ici l'herbe repousse, l'herbe du printemps, de ses promesses amères, puisque pour moi elles ne seront pas tenues. Les rideaux tremblent. La tour, entre les bras de l'arbre, leurs corps de pierre et d'écorce soudés, rêve de bourgeons éclatés, du froissement frais des feuilles sur la brûlure de l'été.

Quand vous viendrez, vous trouverez la chambre et le lit vides. Je vous verrai hésiter, repartir, je vous verrai, de l'autre côté de la grille, vous retourner encore une fois et vous vous en irez, vous me laisserez seule.

*
* *

J'ai entendu le son d'un piano, des notes rapides d'abord, désinvoltes, le jeu d'une main sûre, mais livrée à elle-même, qui essaie et s'assure que le piano est bien accordé.

Ensuite un silence, une attente, le corps ajusté sur le tabouret, les mains allongées un instant sur les jambes, et mes pas pressés dans les couloirs, je craignais d'arriver trop tard, de chaque côté le défilé des portraits, leurs sourires inaltérables, dents cruelles ou lèvres serrées, les fauteuils tapis dans les coins et enfin l'escalier, j'en ai descendu quelques marches, maintenant je voyais, penchée au-dessus de la rampe, son habit noir, ses épaules massives, un peu voûtées, ses mains et leurs reflets dans le bois luisant du piano, doubles qui se frôlent sans jamais se rencontrer.

Il écoutait, le torse légèrement penché en avant, et la musique qui naissait sous ses doigts semblait venir de très loin, de l'endroit que fixait son regard attentif, au-delà du hall, du parc et du mur, il jouait comme on se guide à un son dans la nuit, comme on se remémore dans l'exil les couleurs, les odeurs d'une ville perdue. Sa solitude était aussi grande que la mienne. Sa main gauche se soulevait, passait au-dessus de la droite, enfonçait une touche, s'en détachait lentement, retombait, répétait la même note claire, pensive, insistante, tandis que la droite, d'un pas pressé, étouffé, fuyait, continuait sa course, son chant sourd et que demandait l'une que l'autre refusait d'entendre, que disait-elle dans le silence qui a suivi, le pianiste, les mains sur les genoux, la tête inclinée sur la poitrine, ne bougeait plus, j'ai espéré un instant qu'il joue encore, mais il a refermé lentement le couvercle, j'ai su qu'il ne le rouvrirait plus et j'ai pensé à ce geste que je ferais bientôt, que j'ai peut-être fait déjà, glisser ma plume dans son capuchon, la déposer sur la table, pour la dernière fois, à côté d'une feuille inachevée.

*
* *

Parmi les silhouettes qui se croisent dans le parc, je cherche la sienne, son habit sombre, ses mains que je reconnaîtrais de loin, mais il ne se montre pas, pas encore.

L'arbre tend ses branches vers les fenêtres de la tour. Je crois qu'il s'est habitué à ma présence, que c'est mon visage à travers la vitre qu'il s'efforce d'atteindre.

Le soleil monte chaque jour plus haut au-dessus du mur, le pré se prépare à dresser ses épis comme des lances. Le parc est déjà criblé d'éclaboussures vert tendre, bientôt les feuilles seront largement ouvertes et leurs ombres liquides danseront sur les murs et le sol de ma chambre.

Le printemps s'avance. Je le sens grossir, bientôt il déferlera, radieux et indifférent, jettera ses vagues sur la tour, son écume sur mes fenêtres, il me bousculera, me contournera comme un écueil sans importance et me laissera là, derrière lui, tandis que vous, il vous emportera vers l'été et d'autres printemps.

Mes forces diminuent. Hier je me suis assise dans un de ces fauteuils aux larges dossiers et je me suis endormie. À mon réveil, quelqu'un était penché sur moi qui a glissé son bras sous le mien, qui m'a raccompagnée. La porte s'est refermée. Ici tout s'efface, l'encre des mots et celle des dessins sur les murs. Ma mémoire s'égare dans les plis mouvants, toujours changeants des rideaux, mes doigts tracent sur les draps des signes illisibles. Il ne reste plus, sur le portrait de ma chambre, que ce début de sourire, le regard ébloui sous des paupières absentes et le tintement tenace dans le silence de cette note calme, son rappel patient.

*
* *

Ce matin, dès mon réveil, j'ai vu les feuilles, elles couvrent entièrement les fenêtres de la tour, se pressent contre les vitres. Je sais que des oiseaux chantent, mais trop loin pour que je les entende. Et même les pas, les chuchotements dans les couloirs résonnent, indécis, comme des cris venus d'une autre rive.

*
* *

Mais aujourd'hui j'ai peur. Les plis des rideaux sont parfaitement immobiles. Les feuilles aussi, on dirait des yeux écarquillés derrière les vitres et, malgré leur présence, la lumière de ma chambre est blessante, bien trop blanche.

Je me suis levée, habillée lentement, avec peine, les couloirs s'allongent, le tapis se creuse avec le temps. Les fauteuils sont vides, rarement occupés par des silhouettes résignées qui attendent un bras où s'appuyer. Je ne me souvenais plus que l'escalier du premier jour était si raide, les marches étroites et usées, il faut avancer, descendre sans se presser, ne pas tomber. Heureusement la porte est grande ouverte. Je reconnais la pierre du perron, l'épaisse couche de gravier. Un feuillage noir obscurcit l'allée, des feuilles dures, figées dans un ciel vide de vents et de nuages, tranchantes comme les pétales des fleurs penchées sur le bord des sentiers. Aujourd'hui le printemps n'est plus qu'un mauvais rêve, l'impitoyable, l'inévitable dénouement de tous les printemps. Je ne saurai plus rien de vous, est-il possible que je vous oublie, je marche vers lui qui m'attend, assis sur un banc, vêtu du même habit foncé, les mains sur les genoux.

J'ai l'impression de le connaître depuis longtemps, de l'avoir rencontré autrefois, ailleurs. Ou je le connais parce qu'il me ressemble. Lui et moi et le peintre inconnu, solitaires sans savoir pourquoi, nous nous ressemblons comme ceux qui ont fait une longue route ensemble.

Je me suis assise à côté de lui, j'ai posé mes doigts sur les siens, il ne jouera plus, autour de nous rôde une ombre, bienveillante peut-être, mais si étrangère, ses mots ne sont pas les nôtres et ceux qui la connaissent se taisent.

J'ai vu que l'arbre avait fini de tisser sa toile immense devant la tour, de voiler ses hautes fenêtres.

Il s'est levé et je l'ai suivi. Nous avons pris la direction du pré. L'herbe était haute et piquante, le ciel de nouveau bleu, ce bleu intense de la fin de l'automne, et de nouveau nous sentions le soleil, nous marchions enveloppés dans ses plis lourds et rassurants.

Au-delà du pré commençait le bois, d'abord des fourrés, il écartait des branches, attendait que je les retienne avant de continuer. Ensuite les troncs, plus hauts, plus droits, s'espaçaient, la marche était plus aisée.

Il a enjambé un ruisseau, pour m'aider à le traverser m'a tendu la main et je ne l'ai plus lâchée.

Nous avancions et j'aurais voulu qu'il me le dise, quelle lumière renverse le visage de la femme sur le portrait de ma chambre, des notes sur le clavier, des mots sur la page, des dessins tourmentés, la mort n'est-elle que nuit sans lueurs et sans ombres, étouffement obscur, solitude sans fin, quelle était la question à laquelle nous n'avons pas trouvé de réponse, pourquoi n'avons-nous pas su l'entendre, mais j'ai gardé le silence, j'écoute s'éloigner dans mon dos le murmure du ruisseau, devant nous la forêt s'éclaircit encore, les troncs se dressent maintenant loin les uns des autres, gris et lisses comme des fûts de pierre, une couche de feuilles humides absorbe le bruit de nos pas, nous marchons depuis si longtemps déjà, je sais que, de ce côté-ci du parc, il n'y a pas de mur, il n'y en aura plus.

II

LES DOIGTS couraient sur le clavier, s'interrompaient, reprenaient toujours les mêmes phrases, c'était parfait, aucune fausse note, pas d'hésitations, que cherchait-il encore, que voulait-il de plus ?

Elle a déposé son stylo sur la table, repoussé ses feuilles. Elle s'est levée, la fenêtre était grande ouverte, c'était une chaude soirée d'été, peut-être une des dernières, l'automne approchait et avec lui ses examens. De chez elle, du haut de la ville, elle dominait les toits accumulés sur les pentes, vaste éboulement immobile pris dans l'étroit filet des rues et des ruelles qui, d'ici, ressemblaient à d'anciennes ravines, les plus grandes creusées par des ruisseaux depuis longtemps taris. Et tout en bas le lac déroulait ses soies grises, marbrées par les souples lueurs du soleil couchant, jusqu'au bord des pelouses et des plages où, pendant les heures lentes et moins étouffantes d'avant la nuit, des citadins se promenaient et, assis ou allongés, se reposaient, songeurs, un peu ensommeillés dans le bercement discret, à peine irrégulier des vagues.

La veille elle s'y était attardée avant de monter chez elle pour se remettre au travail. Elle avait vu un couple d'amoureux. Lui couché, les bras repliés sous la tête, elle assise en tailleur, penchée sur lui, souriants et silencieux, ils ne s'embrassaient pas, ne se touchaient même pas, enfin réunis, au seuil d'une longue séparation, lourds d'impatience ou de regrets, elle avait espéré un indice qui lui aurait permis de comprendre, quelle promesse étaient-ils occupés à se faire, éperdus, prisonniers de quel rêve, si proches et si démunis, ils auraient dû attirer tous les regards, pourtant, elle l'avait vérifié, personne d'autre qu'elle autour d'eux ne les avait remarqués, et bien sûr elle s'était efforcée de regarder ailleurs. Mais plus tard, furtivement, elle avait vu que la jeune fille était étendue elle aussi, la tête sur l'épaule de son ami. Les cheveux éparpillés, les yeux fermés, ils se tenaient par la main, deux naufragés, avait-elle pensé, heureusement morts ensemble et plus rien ne pourrait les séparer.

L'eau était calme, à peine soulevée par une respiration paresseuse. À sa surface, des reflets s'arrondissaient, de lourds anneaux d'or sombre que le lac s'amusait à nouer, dénouer sans hâte et que, lassé tout à coup, il dispersait et, au lieu de rentrer, elle attendait qu'ils se reforment, que le jeu recommence.

Ils s'étaient endormis en se donnant la main et elle, à quelques pas, était seule au centre d'un cercle blanc que ne franchissaient ni les promeneurs ni les enfants qui couraient, ni même le chien qui s'avançait en zigzaguant, la truffe dans l'herbe, qui progressait avec application, occupé à éviter d'invisibles obstacles.

En partant, elle était passée devant le couple et le chien qui, lui, sans gêne, s'était assis devant eux pour mieux les observer.

Et le lendemain elle a renoncé à prendre la direction du lac, elle était décidée à travailler, mais les doigts du voisin s'acharnaient sur les touches, elle guettait l'instant où il allait s'interrompre et recommencer, où elle aussi reviendrait en arrière pour relire encore, et de nouveau sans la comprendre, la même phrase.

Le chien était peut-être le leur, non, il était arrivé bien plus tard et d'ailleurs, elle s'était retournée avant de traverser la route, il s'en allait déjà, il s'éloignait, toujours avec de brusques écarts, sur ce chemin qu'il était seul à voir.

Eux aussi s'étaient levés, ils s'étaient glissés dans la pénombre d'une chambre, rideaux tirés sur les rumeurs du soir. Il était couché comme tout à l'heure sur la pelouse, les yeux mi-clos, mais son visage était plus avide, fiévreux dans l'attente de cet autre visage qui s'approchait du sien, s'en rapprochait lentement, pourtant la distance entre eux demeurait celle, infranchissable, des rêves et ses mains ouvertes sur les draps ne pouvaient que se souvenir du corps de la jeune fille, de la rondeur de ses épaules et de ses hanches, de la douceur de sa peau, inertes, impuissantes, elles ne pouvaient qu'attendre elles aussi le réveil ou un rêve plus clément.

Et de nouveau, après une courte pause, les doigts là-haut reprenaient sur le clavier le même chemin, le chien était revenu sur ses pas, peut-être avait-il perdu sa piste ou son maître ou les deux à la fois, il tournait en rond et son halètement s'ajoutait aux notes qui rôdaient autour d'elle, l'enserrait encore plus étroitement dans le cercle de lumière jeté par la lampe sur sa table.

Elle a fermé la fenêtre, mais cela n'a servi à rien. Sans le brouhaha de la rue, la musique, plus claire, plus distincte, la gênait davantage.

Il n'y avait qu'un étage à monter. Elle a appuyé sur la sonnette, il a fallu un peu de temps et de remue-ménage pour qu'il se décide à ouvrir et maintenant il se tenait en face d'elle à l'écouter se plaindre, mais pourquoi avait-elle entrepris cette démarche qui ne lui ressemblait pas, il lui proposait d'entrer, elle ne pouvait pas rester sur le pas de la porte, il insistait, alors elle l'a suivi dans une pièce encombrée. Le piano était là, couvert de partitions, elle se souvient d'avoir pensé, stupidement, à cause de son embarras sans doute, qu'il souriait de toutes ses dents, mais d'un sourire narquois, vaguement menaçant, prêt à mordre les doigts étrangers qui auraient tenté d'effleurer ses touches. Le voisin a commencé par ouvrir la fenêtre, ensuite, debout à côté du piano, une main posée sur lui comme pour le prier, en le flattant, de garder son calme, le persuader qu'avec un peu de patience tout finirait par s'arranger, il s'est excusé de l'avoir dérangée, mais que faire, il devait travailler, peut-être passer à autre chose, depuis des heures il ressassait le même morceau, de son côté elle ne pouvait continuer à relire indéfiniment la même phrase et aussi, mais comment le lui dire, il fallait d'autres notes, d'autres accords ou plutôt un peu de silence pour que le chien cesse de s'affoler, il allait devenir fou, partir droit devant lui, l'écume aux lèvres, effrayer les passants, lui qui n'avait jamais fait de mal à personne, et pour qu'entre le visage du garçon et celui de la jeune fille se comblent cet écart, ce vide insupportables, que leurs peaux se touchent, que leurs corps se mêlent enfin.

Il lui a proposé un siège et, assis en face d'elle, il répétait, même quand il parlait, il se répétait, mais plus maladroitement, que cela ne suffisait pas de jouer sans fautes, elle s'en doutait, que ces phrases, le morceau tout entier d'ailleurs, étaient comme un mur, et ses mains dressées verticalement esquissaient le geste de celui qui tâtonne dans le noir, un mur lisse dans lequel il ne trouvait ni porte ni brèche, voilà ce qu'il cherchait, un passage, et il devait chercher encore, mais une autre fois, qu'elle se rassure, il admettait que pour aujourd'hui c'était assez et il secouait la tête, un peu découragé, l'air de penser qu'elle était incapable de comprendre.

Elle comprenait très bien et, pendant qu'il tenait la porte pour lui permettre de sortir, elle lui a suggéré de réfléchir en silence, à quoi, votre passage, cherchez-le, et je ne dis pas cela seulement pour avoir la paix, loin du piano, les doigts croisés sur les genoux, essayez. Elle ne l'a plus entendu ce jour-là ni les suivants, son mutisme durait trop, est-ce qu'il était fâché ou découragé, elle a hésité à remonter frapper à sa porte pour le prier de jouer, mais ses examens étaient commencés, elle n'a plus eu le temps d'y penser, et marcher au pied de ce mur est si malaisé. Au début, elle s'est engagée sur une vague piste qui semblait vouloir le longer, mais qui venait de s'interrompre, envahie par des ronciers qu'elle a dû contourner et maintenant elle avance entre des branches basses et griffues, difficiles à écarter.

Après quelques jours de vacances, elle n'est retournée chez elle que pour déménager. Pendant qu'elle vidait ses armoires, est-ce qu'elle l'a entendu jouer ? Et ensuite, que s'est-il passé, qu'a-t-elle fait des jours qui séparent cet été-là de celui-ci où elle s'obstine à suivre de loin ce vieux mur ? Elle est partie se promener, elle s'est égarée, le sentier, d'abord nettement tracé entre les arbres, s'est ramifié, perdu au milieu des fourrés, ensuite elle s'est heurtée à ce mur, il lui faut continuer, atteindre la rivière, marcher sur la berge jusqu'au pont, le village est de l'autre côté et la maison aussi qu'ils ont louée pour l'été dans cette région de plaine où elle ne se plaît pas, où aucune hauteur ne lui permet de s'orienter, de respirer.

Elle revoit nettement, et c'est étrange, cela faisait si longtemps, elle croyait l'avoir oublié, l'appartement du voisin, elle revoit aussi le sien, le rond de lumière sur sa table autour duquel les notes se bousculaient, rétives, arrêtées net, toujours ramenées à leur point de départ. En montant l'escalier, elle les entendait encore, ses doigts couraient sur les touches, elle se souvient de leur obstination, de leur désespoir, quel mot, le voisin n'avait pas l'air malheureux à ce point, mais elle n'a rien de mieux à proposer, le désespoir donc de ne pas trouver, comme il le lui a expliqué péniblement, de passage, de promener ses mains depuis si longtemps et sans succès à la surface d'un obstacle indéfinissable. Qu'a-t-elle fait ensuite sinon, d'une impasse à l'autre, tâtonner comme lui, répéter les mêmes gestes, chercher à chaque fois une nouvelle issue, pour aller où, jusqu'à ce dernier mur qui, lui, ne lui fera aucune difficulté, s'ouvrira grand devant elle, le seul qu'elle ne soit pas vraiment pressée de franchir ? Oui, mais n'a-t-elle pas cru un instant que les mots lui serviraient à écarter le silence, à déchirer ce cercle autour d'elle, étouffant, à en desserrer du moins un peu l'étreinte ? Elle n'a pas su leur faire confiance quand ils semblaient l'abandonner, l'isoler davantage, et persévérer comme lui à qui elle s'est permis de donner des conseils avec tant de désinvolture. Elle s'est laissé distraire, emporter par ce courant confus, et maintenant où est cette rivière, toute proche, elle devine son frémissement entre les arbres, son murmure. Elle passe devant une petite porte de fer à partir de laquelle la piste reprend, mais le mur s'avance jusqu'au bord de l'eau qui est profonde, rejoindre le pont en suivant la rive, comme elle l'espérait, est impossible.

Elle s'est assise sur la berge, l'endroit était sombre et humide, avant de revenir lentement sur ses pas. Qu'a fait le pianiste après son départ, est-ce qu'il est resté longtemps immobile devant son instrument, par cette belle soirée d'été, est-ce que, comme elle, par sa faute, il s'est mis à douter ? Elle essaie encore de se rappeler si, pendant les préparatifs de son déménagement, elle l'a entendu jouer, elle s'arrête devant la porte, non, elle n'est pas cadenassée, elle s'ouvre en grinçant, elle ne doit pas être utilisée souvent. À l'intérieur le bois se prolonge, mais les troncs s'espacent, une passerelle enjambe un ruisseau, à la lisière une rangée d'arbustes entrave de nouveau la marche et, au-delà, derrière un pré qui vient d'être fauché, une maison se dresse, silencieuse, peut-être inoccupée, un bâtiment massif, imposant, les façades percées d'austères fenêtres à carreaux, rigoureusement alignées.

Elle hésite, mais le vent se lève, il est tard et, maintenant qu'elle a traversé le pré, elle voit d'abord, dans l'angle de la maison, insolite et gracieuse, une tourelle en surplomb, fantaisie d'un propriétaire lassé de la sévérité de ce gros cube de pierre ou destinée à surveiller l'allée qui se dirige de biais vers une large grille, ensuite une vieille dame, assise à une table de jardin, qui l'observe tranquillement, qui sourit en la regardant venir, en l'écoutant s'excuser. Elle remplit une tasse, la lui tend en lui offrant une chaise, derrière une fenêtre les plis d'un rideau, un instant rassemblés, reprennent lentement leur place, ce n'est pas grave, cela arrive souvent que des promeneurs s'égarent, entrent ici par la petite porte, buvez, vous avez l'air fatiguée, ensuite vous prendrez l'allée, vous passerez la grille, vous trouverez le pont à votre gauche et vous serez bientôt rentrée. Un chat qui nous observait de loin a sauté sur ses genoux. Le vent souffle de plus en plus fort. Il soulève les pans de la nappe et une couronne de mèches grises autour de son front. La tête appuyée au dossier, elle regarde le ciel, les nuages fuient, d'une main elle écarte les cheveux de ses yeux, de l'autre caresse le dos du chat, mais une fenêtre du rez-de-chaussée s'entrouvre, alors il se redresse, s'étire, s'en approche lentement, un peu indécis, bâille avant de disparaître d'un bond à l'intérieur. J'ai entendu quelques notes, c'est lui, m'a dit la vieille dame, c'est le chat, il aime se promener sur le piano. Quelqu'un a passé derrière les fenêtres de la tour. J'ai cru sentir une goutte. Je me suis levée. Dans le désordre provoqué par le vent, l'agitation absurde qu'il imposait aux branches, à la nappe, aux cheveux de la vieille dame, la maison où, derrière les vitres, plus rien ne bougeait, ni ombre ni chat, paraissait encore plus hautaine et étrangère.

Elle m'a accompagnée. De chaque côté de l'allée, des sentiers s'ébauchaient aussitôt enfouis sous un enchevêtrement de bosquets, le parc est mal tenu, voyez-vous, la propriété est trop grande et le jardinier qui vient de temps en temps vieillit lui aussi.

Elle a fait pivoter un des battants de la grille, en effet le pont était proche et les toits du village, j'avais eu tort de m'inquiéter. Je me suis retournée pour la remercier. Elle se tenait sur le bord de la route, droite, un peu pensive, si je garde cette maison, c'est pour mon fils, il est pianiste, vous comprenez, ici il peut jouer sans déranger personne. Et pourquoi ce sourire tout à coup, ce regard amusé, les rides en étoile autour des yeux plissés, j'ai cru qu'elle allait se mettre à rire, je me suis hâtée de prendre congé, soudain désolée, mais de quoi, de l'avoir importunée, au contraire, elle avait été très heureuse de me rencontrer et, en signe d'adieu, ou pour me rassurer ou me consoler, elle a posé un instant sa main sur mon épaule. Je me suis éloignée rapidement et, quand je me suis enfin décidée à jeter un coup d'œil derrière moi, elle n'était plus là.

Je me hâtais, la pluie commençait de tomber, il n'y avait plus que le pont à traverser. Un couple venait de l'autre côté. Je me suis arrêtée pour regarder la pesante coulée de l'eau entre les arbres. Les dernières lueurs sur le lac s'étaient éteintes. Elle dormait, alors il avait dégagé son bras doucement et, quand elle avait ouvert les yeux, elle l'avait vu, debout, qui lui tendait la main, grand devant le ciel assombri mais encore transparent. Un soir d'été au bord du lac, les citadins se promènent, les enfants jouent, les chiens rôdent, suivent des chemins connus d'eux seuls. Balayés par les vagues, les anneaux d'or, de nouveau désunis, pâlissent, bientôt remplacés par les reflets tremblants des réverbères. Ils s'en vont, traversent la route, rentrent chez eux. Tous les deux couchés, elle penchée sur lui, leurs corps sur le blanc des draps si légers, leurs contours à peine esquissés, quelques traits fluides, quelques courbes, et ne vaudrait-il pas mieux en rester là, tout compte fait, ne rien ajouter, ne rien préciser, garder cette infime distance entre leurs visages, entre leurs lèvres, le terme de leur attente différé encore dans la lumière indécise du soir ?

Je croyais que le couple allait traverser le pont, que nous nous croiserions, mais ils ont pris un sentier qui descend sur le bord de la rivière. Il marche devant, elle le suit de près, où vont-ils, un peu voûtés, sous la pluie ?

Il n'y a plus que quelques pas à faire pour atteindre le village et la maison. Un repas à préparer, ensuite les conversations qui se prolongent, le vin versé encore une fois et tous se lèvent pour débarrasser.

Je reste seule, les assiettes rassemblées devant moi, seule dans le cercle blanc au bord duquel même les chiens s'arrêtent. L'eau coule à la cuisine, j'entends des bruits de vaisselle et des rires, je me lève à mon tour et, vous voyez, je suis là.

III

Ce qui m'a plu dans cette maison ? C'est difficile à dire. Je l'ai vue, la première fois, de loin, à travers la grille. J'avais dû me tromper à un carrefour, prendre la mauvaise direction, je roulais depuis des heures sur des routes de plus en plus étroites, alors que j'aurais dû être arrivé depuis longtemps. J'ai traversé le village, le petit pont, de l'autre côté la route obliquait à gauche pour suivre la rivière, devant moi s'ouvrait le chemin forestier que vous emprunterez tout à l'heure. Je m'y suis engagé. Je voulais m'arrêter un instant, me reposer et consulter la carte.

J'ai longé le mur, je me suis garé devant l'écriteau qui annonçait que la propriété était à vendre. Je suis sorti de la voiture et, de loin ce jour-là, la grille était cadenassée, je l'ai vue, imposante et triste, un peu déséquilibrée par la présence de cette unique tourelle accrochée dans l'angle.

D'ailleurs, « plu » n'est pas le mot qui convient, elle était trop austère et délabrée, une froide façade grise, des vitres brisées, mais qu'on l'ait oubliée là, vous comprenez, livrée au parc redevenu sauvage et à ce silence, autour d'elle, inamical, à l'affût, ce silence de mort, que toute vie se soit retirée d'elle, c'était cela plutôt, je crois, un malaise, une inquiétude, qui nous ont rapprochés et cette évidence qu'il fallait se hâter, faire quelque chose avant qu'il ne soit trop tard.

Maintenant je connais un peu son histoire. Je sais qui l'a fait construire, un citadin fortuné, résidence d'été d'abord où, d'après quelques lettres retrouvées par un historien de l'endroit, sa femme a fini par s'ennuyer toute l'année, entourée de domestiques, reléguée ici, sous le prétexte de sa mauvaise santé, par un mari qui, semble-t-il, avait quelque raison de la tenir à l'écart.

De ceux qui l'ont occupée ensuite, je ne sais pas grand-chose. Il ne reste d'eux que des noms dans les registres de la commune, des creux dans les marches d'escalier et les dossiers des fauteuils, la douceur de la rampe polie par leurs mains. Ils se sont effacés, à part une romancière à demi oubliée dont j'ai lu tous les livres, mais aucun ne fait allusion à la maison. À part elle et le pianiste.

Je l'ai vue à travers la grille, j'ai aussitôt désiré la posséder et j'ai cru d'abord que c'était pour la protéger.

Elle était en vente depuis longtemps, il n'y a rien à faire ici, vous savez, ni lac ni montagne, se promener, mais tous les chemins aboutissent très vite à des routes ou à des champs cultivés, ici les voyageurs passent sans s'arrêter, c'est ce que j'aurais fait si je ne m'étais égaré.

Personne n'en voulait, elle était en mauvais état, c'est pourquoi j'ai pu l'obtenir à un prix raisonnable. J'ai dépensé l'argent qui me restait pour les travaux urgents, mais j'ai dû me résoudre à laisser le parc en friche et les nombreuses pièces comme je les avais trouvées, brunies par le soleil, tachées par l'humidité, leur papier peint déchiré.

Ce n'était pas grave. Quand je suis revenu, au début de l'été, elle était à l'abri, le toit et les fenêtres réparés, et j'avais tout le temps des vacances pour m'occuper d'elle.

J'ai commencé par la chambre de la tour. Murs, plinthes et lambris lavés et repeints, parquet poncé et ciré.

C'est une pièce carrée dans laquelle s'encastre le cercle de la tour, l'endroit le plus fragile, le plus exposé de la maison, suspendu hors des murs, ouvert par ses trois hautes fenêtres sur presque toute l'étendue du parc, du petit bois derrière à l'allée devant jusqu'au mur, transparent, toujours baigné de lumière, de vent et de pluie, je pense que la première propriétaire aimait s'y tenir, il m'arrive d'imaginer que la tour est née, au fil des jours, de son regard tendu vers la grille, de son désir de voir quelqu'un venir, de sentir des bras se refermer sur ses épaules, une main sur la sienne qui l'emmène, de ses rêves d'un départ toujours différé, mais elle est morte ici solitaire, délaissée jusqu'à la fin.

Pour dormir, je me suis installé de l'autre côté, du côté de la rivière.

Si j'ai voulu habiter cette maison, c'est aussi à cause du mur qui entoure le parc et de la rivière qui coule au pied du mur.

Dès que je m'éloigne, elle me manque, écoutez, sa voix à la fois discrète et insistante, son murmure un peu las ou seulement infiniment paisible. Elle vient de loin vers moi, d'autres étés, de vacances que je croyais avoir oubliées, elle en a gardé les odeurs, celles du soleil et de la pluie sur les arbres, l'odeur des nuits sur lesquelles la fenêtre de ma chambre restait aussi largement ouverte que mon enfance semblait l'être encore sur la vie. Je m'endors en entendant l'ancien bruissement de feuilles dans le jardin, le bruit des conversations, ce mélange assourdi de voix familières qui se prolongeait alors que j'étais déjà couché, alors que j'étais loin de me douter qu'un jour, bientôt, je les aurais perdues et que ces visages indistincts dans le crépuscule le seraient aussi dans ma mémoire.

Oui, je me souviens de ce premier été, des enfilades de pièces vides aux fenêtres nues que j'arpentais chaque jour, étonné que tout cela m'appartienne, encore un peu inquiet du silence et de la solitude et je me rassurais en pensant que rien ne m'empêcherait, si j'en avais assez, d'aller faire un tour en ville et d'y retrouver des amis.

Je n'en ai eu ni le loisir ni l'envie. Ce sont eux qui sont venus plus tard et, bien sûr, ils n'ont pas compris, une si grande maison dans un endroit pareil, et que leur répondre, qu'elle m'avait touché avec son air triste, que je n'avais pas supporté l'idée de son abandon, l'idée du temps qui passe, du désordre qu'il engendre et qui augmente si l'on n'y prend garde, celle de la décrépitude et de la ruine dont il faut bien se défendre, d'ailleurs étaient-ce les bonnes raisons, je n'en étais plus sûr.

J'ai préféré leur parler vaguement de mon goût pour le bricolage et les laisser discuter de ce que l'on pourrait faire de la propriété une fois rénovée, une auberge pour citadins en quête de silence, mais tous ont eu l'air de douter, de l'attrait de cette région, je suppose, et de mes qualités d'aubergiste, une maison de retraite où passer ses derniers jours, qu'ont-ils encore proposé, très vite j'ai cessé de les écouter, quelqu'un pour finir a suggéré que je ferais mieux de me marier et d'avoir beaucoup d'enfants, n'était-ce pas la meilleure solution, j'ai aussitôt demandé laquelle, parmi les filles présentes, accepterait de m'épouser, mais, au milieu des rires, je me souviens d'avoir eu le cœur serré, la brusque certitude qu'ici personne ne viendrait partager ma solitude, que ce serait difficile, plus que je ne le pensais, et qu'il vaudrait mieux renoncer, partir, rentrer, reprendre mes habitudes avant qu'il ne soit trop tard.

Après la chambre de la tour, j'ai décidé de m'occuper de la pièce d'à côté, la plus grande de toutes, avec ses quatre fenêtres qui donnent sur le parc, l'ancienne salle à manger, je suppose, ou un salon de réception.

Je n'avais plus de peinture. J'ai dû prendre la voiture, aller en acheter dans la petite ville voisine.

Pour les murs, je la choisis toujours très claire, presque blanche. Pour les boiseries, je cherche la teinte qui convient à chaque pièce. Cela dépend de ses dimensions, de sa situation, de la qualité de sa lumière. Au salon, elle est d'un bleu léger, presque gris, la couleur du ciel quand le soleil s'est couché, que ses dernières lueurs ont disparu, qu'il est transparent encore un instant avant la nuit.

J'ai rangé mes pots de peinture dans la voiture et je suis allé boire un verre au Café de la Place. Le patron est assez âgé, je lui ai demandé s'il avait connu quelques-uns des propriétaires de la Grande Maison, c'est le nom que tous lui donnent dans la région. Elle était inhabitée depuis si longtemps, les derniers il n'y avait pas grand-chose à en dire, une famille sans histoire qui n'y passait que les vacances, mais avant il y avait eu le pianiste, il était connu, c'est vrai, celui qui m'avait vendu la maison m'avait déjà parlé de lui, il venait quelquefois ici, mais seulement par beau temps, quand il pouvait s'installer sur la terrasse, et il restait assis longtemps à regarder les gens sur la place, toujours vêtu de sombre et taciturne, mais aimable, il se souvenait même de l'avoir entendu jouer par les fenêtres ouvertes quand il était encore un enfant et qu'il allait, les dimanches, se promener avec ses parents le long de la rivière.

Maintenant encore il arrive que des promeneurs poussent la grille, ils souhaitent voir l'endroit où il a vécu, je leur propose de visiter la maison et ils me suivent, étonnés de toutes ces pièces vides, mais où se trouvait le piano, je ne peux pas le leur dire, j'ai interrogé les habitants du village, le patron du café, personne ne le sait, j'ai même cherché des traces sur les parquets, je n'ai rien vu, et quelquefois je leur propose d'écouter un CD de ma collection, j'ai acheté le premier ce jour-là, je l'ai choisi parce qu'y figurait sa photographie.

J'avais jusqu'alors travaillé sans radio, sans musique, le silence de cette maison me suffit, toujours vivant, au contraire de ce que j'avais cru le premier jour, plein du murmure de la rivière, du bruissement des feuilles, d'un bourdonnement léger qui monte du village et des champs, les pas des hommes et des bêtes, les allées et venues des tracteurs, parfois un appel bref et l'aboiement des chiens. J'ai glissé le disque dans le lecteur. J'ai trempé mon rouleau dans la peinture. J'aime voir les murs se transformer, les taches disparaître, la paroi tout entière s'éclaircir, j'étais heureux à ces moments-là de penser que la maison comptait tant de pièces, que j'avais encore de beaux jours devant moi. C'est plus tard seulement, une fois bien installé dans la routine de mon travail, que j'ai prêté attention à la musique. Celui qui jouait avait vécu ici, ces notes-là avaient déjà longuement résonné entre ces murs, peut-être dans cette pièce, le piano installé de biais devant les hautes fenêtres, et, un instant, j'ai espéré, en me retournant, le voir, découpé dans la lumière, pour la première fois j'ai souhaité la présence de quelqu'un dans la maison, j'aurais aimé sa compagnie, je crois, et l'entendre jouer en peignant et, de loin, en me promenant dans le parc.

J'ai posé mon rouleau, je me suis penché sur la photographie, sa silhouette trapue dans l'habit de concert, l'épaule légèrement relevée, le dos large, basculé vers l'avant, un peu voûté, son profil, bouche entrouverte, le tout dans l'ombre, ses mains seules et le clavier en pleine lumière, des mains fortes, carrées, j'imaginais les mains d'un pianiste plus élancées, les doigts fins et nerveux, et leur reflet dans le bois du piano, leur double occupé à jouer comme dans un rêve sur un clavier muet.

Je me suis remis à peindre. Les mains du pianiste me rappelaient celles de mon père, massives elles aussi, solides, mais usées par des travaux plus pénibles et je me suis demandé quand avait eu lieu notre dernière promenade, ma main glissée dans la sienne, bien avant sa mort, et pourquoi nous sommes-nous tellement éloignés ensuite ? J'ai revu le chemin à demi perdu dans l'herbe, à l'orée d'une étroite clairière une rangée de boutons d'or, leurs figures pâles et gonflées, mon père étendu, endormi, sur la couverture qu'il avait emportée et la calme dérive, sur le cours lent du ciel, entre les cimes des arbres, de légers nuages ronds, inoffensifs, puisqu'ils ne cachaient pas le soleil, puisque le soleil brillait et qu'il me réchauffait, et leurs ombres, furtive escorte silencieuse, glissaient à la surface du pré. Comme tout était tranquille alors et, malgré le passage des nuages, immobile, au large du temps.

La musique s'est tue. Je me suis couché, les yeux ouverts sur la nuit. La rivière passe, creuse son lit. Des murs dressés autour de moi, quelques-uns se lézardent, s'effritent lentement. La rivière passe en emportant ce qui ne tient pas. Pourquoi nous enfermons-nous, pourquoi vivons-nous si à l'étroit, pour nous mettre à l'abri, parce que nous avons peur ? Mon père se lève, replie sa couverture, la glisse sous son bras. Malgré sa main refermée sur la mienne, déjà le temps nous sépare, je ne sais pas que je suis déjà en train d'oublier son visage et le mien, les murs, un à un, s'affaissent sans bruit, ce qui restera à la fin, je désire le savoir, la rivière s'étire dans la nuit, je suis seul, en attendant le sommeil je pense à ce moment où sa course s'interrompt, où elle se heurte à une eau plus profonde, une masse sombre et mouvante, dans laquelle elle se divise et se repose, entraînée par les mêmes invisibles courants, soulevée par la même respiration.

Le salon était magnifique avec ses murs blancs, ses boiseries bleutées et son parquet brillant. C'était la fin des vacances. Le jour du départ approchait. Le dernier soir, j'ai déposé le lecteur de CD devant les fenêtres, à côté la photographie du pianiste, quelques bougies, la pièce n'était encore éclairée que par la froide lumière d'une ampoule nue et, cette fois-ci, j'ai moins rêvé, j'ai écouté.

Je n'ai pu revenir qu'à Noël. J'ai refusé toutes les invitations et j'ai pris la route. J'ai roulé sans m'arrêter de longues heures sous la pluie. Avant d'ouvrir la grille, j'ai regardé un instant la maison de loin comme le premier jour. Elle paraissait encore plus solitaire, plus démunie, à cause du mauvais temps, des arbres nus, de la tristesse de ce soir d'hiver ou d'avoir été occupée et de nouveau livrée à elle-même.

J'ai allumé le poêle de ma chambre, déchargé la voiture des provisions et des pots de peinture que j'avais emportés. Mes draps étaient glacés et, malgré ma fatigue, je n'ai pas pu m'endormir. La pluie ne cessait pas. Elle cernait la maison, je l'entendais battre le toit et les murs, cela durait depuis des semaines et sans doute avait-elle découvert une brèche, une faille par où se glisser à l'intérieur et déjà sur les murs grandissaient ces mêmes taches que je m'étais donné tant de mal à effacer. Au milieu de la nuit, je me suis levé, j'ai poussé la porte du salon. À la maigre lumière de l'ampoule, la peinture paraissait terne et défraîchie. J'ai allumé une lampe de poche. Je voulais examiner le plafond, le bord des fenêtres, mais je n'ai fait que balayer la pièce d'un faisceau trop clair, éblouissant, autour duquel vacillaient de grandes ombres. Je suis allé me recoucher, convaincu que tout ce que je pourrais faire ne servirait à rien, que, dès que j'aurais le dos tourné, les fenêtres allaient se disjoindre, les tuiles s'envoler, l'humidité ronger les murs. J'entendais les efforts des arbres pour se redresser, leur essoufflement dans les secousses du vent, les griffures, sur les vitres, des branches et de la pluie, mais j'ai fini par découvrir, elle seule paisible dans la nuit, la voix de la rivière et je me suis endormi.

Le lendemain, j'ai été rassuré. La maison n'avait pas souffert des longues pluies de l'automne. J'ai descendu du grenier un large fauteuil à haut dossier. De nouveau, j'ai allumé des bougies. C'était Noël. J'étais de retour, enfin, et la musique, tous les enregistrements du pianiste que j'avais pu trouver, semblait jaillir, s'échapper d'un trop long silence. La chatte est venue elle aussi. Non, je ne vous ai pas encore parlé d'elle. Une chatte rousse aux yeux verts. Je l'ai vue un jour sur le bord d'une fenêtre. J'ai ouvert, elle a sauté à l'intérieur, j'ai tendu le bras pour la caresser, mais elle s'est dérobée, elle a fui dans l'escalier. J'ai vite compris qu'elle était ici chez elle, qu'elle l'avait été avant moi et que, même si ma présence la contrariait, elle comptait bien y rester. Je la rencontre partout, elle se fige quand je la croise, attend que je m'éloigne, recule si je tente de l'approcher. Mais ce soir-là, elle s'est arrêtée sur le seuil, intriguée peut-être par les bougies, la lueur instable de leurs flammes, ensuite elle s'est assise, elle a posé sur moi un long regard immobile, attentif, infiniment curieux. Je ne sais ce qu'elle pense de moi, ses yeux sont trop lisses.

Pour qu'elle me pardonne d'avoir fait remplacer les carreaux cassés par où elle pouvait entrer et sortir à sa guise, j'ai pris l'habitude de laisser une fenêtre entrouverte. Elle surgit, frôle les murs, et il m'arrive de penser qu'elle n'est que l'ombre d'un chat depuis longtemps disparu.

De nouveau il m'a fallu partir. Mais j'ai refermé la grille sans inquiétude. Je ne rentrais que pour donner ma démission, mettre en vente mon appartement, il était grand, bien situé, dans un quartier bruyant, mais où tout le monde veut habiter, j'en ai obtenu un bon prix, j'avais de l'argent pour un moment et qu'elle était belle quand je l'ai retrouvée au printemps, dans la fraîche écume des feuilles nouvelles et bientôt les fenêtres grandes ouvertes sur la torpeur de l'été.

De ce que je possédais en ville, je n'ai presque rien emporté. Les quelques meubles que j'ai descendus du grenier me suffisent. Je vis de peu, vous savez, je cultive mon jardin, je travaille ici ou là, c'est facile, tout le monde me connaît, je suis le suppléant, le remplaçant idéal, toujours disponible, content de venir et de repartir quand on n'a plus besoin de moi.

Les visites de mes amis se sont espacées. Ils s'ennuient ici. Ils sont las de me retrouver tel qu'ils m'ont laissé, avec mon pianiste et ma chatte fantôme, le rouleau de peinture à la main ou penché sur mes légumes. Toujours le même ou trop différent. Ils me quittent comme on quitte un malade, avec soulagement et des promesses de revenir bientôt, une gaieté un peu forcée.

Je leur fais pitié, je crois. Ils ne comprennent pas ma vie d'ermite, de clochard bien logé. Ils ne comprennent pas qu'ici je ne suis plus un étranger que pour moi-même et que c'est assez. Vous arrive-t-il de penser que vos journées sont à la fois encombrées et vides ? Je suis seul et j'ai peur encore quelquefois. Mais je ne veux plus de murs, je ne veux plus me défendre. Vous croyez comme eux que je serais plus utile ailleurs, que je mène une existence stérile. A-t-on le choix, le pianiste, quand il allait s'asseoir à son instrument, avait-il le choix? Lui jouait devant des salles pleines et comblées, je ne fais qu'entretenir une vieille maison, je me suis défait de tout sans savoir ce que j'obtiendrais en échange, mon vrai visage, ce qui se cache derrière lui? Ce que je cherche, je l'ignore, je ne suis pas libre pourtant, je sais qu'il me faut attendre, que l'usure du temps et le silence me viendront en aide et que je n'aurais pu agir autrement.

J'ai remis en état la porte de fer du mur nord. Il arrive que des promeneurs suivent le bord de la rivière et tout à coup le mur se dresse devant eux, le pied dans l'eau, et leur barre le passage. Il ne leur reste plus qu'à rebrousser chemin, à contourner le mur ou à pousser la porte, comme vous l'avez fait, pour traverser le parc.

Je rêve quelquefois qu'une femme entre. Elle marche dans le petit bois, franchit le ruisseau. Je l'observe de loin. Elle ne peut pas me voir. J'attends que le gravier roule sous ses pas. Alors seulement je me montre, j'avance à sa rencontre. Elle répond par un sourire à mon salut. Nous marchons l'un à côté de l'autre, sa main se pose sur mon épaule, me pousse en avant. Alors tout s'obscurcit et disparaissent la maison, le parc et le mur. Mais nous marchons encore, moi, aveugle, guidé par sa main refermée sur mon épaule, une main froide et dure, ou amicale, je me le demande. Et de nouveau s'acharneront sur elle le vent et la pluie. Les maisons ne sont pas faites pour durer toujours. Elles se lassent de nous voir vieillir et mourir. Elle attend, elle aussi, elle est prête à laisser se disperser ses tuiles, se briser ses fenêtres. Déjà je vois les arbres se pencher sur elle, je sens leurs racines gagner du terrain. Ils s'enrouleront autour d'elle, la tiendront fermement serrée entre leurs bras.

La fenêtre de la cuisine reste toujours entrouverte. La chatte entre et sort, elle est partout chez elle, mais le seul endroit où je l'ai vue dormir, sans crainte, profondément, c'est à l'intérieur de la tour. Quand elle se réveille, elle fait sa toilette, ensuite elle saute sur le rebord de la fenêtre. Elle reste là longtemps, les yeux fixés sur l'allée et la grille. Je m'approche lentement pour ne pas l'effrayer, je me tiens debout derrière elle, l'allée, la grille entre les branches nues ou les feuilles vertes comme ses yeux, rousses comme sa fourrure, les saisons passent, j'ignore ce qu'elle espère, rien sans doute, elle est capable de se contenter de chaque instant, j'avance encore, je me penche sur ses yeux grands ouverts, il arrive qu'elle se tourne vers moi, que nos regards se croisent, mais elle se dérobe, d'un bond souple elle s'échappe, fuit en quelques foulées silencieuses. Je reste seul. Je sais qu'elle va revenir. Les branches se balancent, frôlent les vitres, distraitement, du bout des doigts. Quel est l'objet de mon désir ? J'entends le rire de la rivière me répondre, les mains du pianiste se soulèvent, son buste s'incline, son visage s'éclaire, elles se posent sur les touches, leurs reflets dansent dans le bois du piano, les questions sont inutiles, la joie brûle les mots sur les lèvres.

Vous n'aurez qu'à prendre l'allée, pousser la grille, vous verrez, à votre gauche, le pont n'est pas loin et, de l'autre côté, en quelques minutes, vous aurez atteint les premières maisons du village.

IV

J'AI EU la visite de ma voisine hier soir. Un coup de sonnette et tout à coup elle était là, nous ne nous étions jamais parlé, sur le pas de ma porte, essoufflée, c'est la voisine du dessous, elle avait dû monter les escaliers quatre à quatre.

Mon piano la gêne. Elle prépare des examens, elle ne peut pas se concentrer, en effet, elle avait l'air très fatiguée, les traits tendus, les mains tremblantes, un peu agressive, mais c'est parce qu'elle était énervée. Le temps n'arrange rien, il fait trop chaud, les gens flânent, en fin d'après-midi, au bord du lac, ils se baignent et nous, nous restons là, à étouffer dans nos appartements surchauffés.

Je lui ai offert un verre, elle avait besoin de se détendre, elle a hésité, mais elle a fini par accepter. Et, son verre à la main, d'une voix plus calme, elle a commencé par s'excuser. Elle m'a assuré que le piano ne la dérangeait pas d'habitude, mais elle avait encore beaucoup à faire, il lui restait peu de temps et ce mouvement que je répétais, elle était penchée sur son verre vide, les cheveux glissés devant les yeux, elle avait bu trop vite, ce mouvement, je le jouais parfaitement d'ailleurs, que je répétais sans cesse, voilà ce qu'elle ne pouvait plus supporter et c'est pourquoi elle était montée.

Est-ce que je ne pouvais pas au moins passer à autre chose ?

Elle avait reposé son verre sur la table, elle se taisait, les mains croisées sur ses genoux, elle avait écarté ses cheveux, je regardais ses yeux bruns et elle me regardait en attendant une réponse. Je me suis d'abord versé un deuxième verre, elle a refusé que je remplisse le sien, ensuite je me suis lancé dans des explications confuses, je lui ai parlé d'un mur impossible à franchir, mes doigts courent sur les touches, habiles, c'est vrai, mais indifférents, et cela ne suffit pas, ce n'est qu'un piétinement, des allées et venues le long du mur et je ne peux pas rester au-dehors, je veux aller de l'autre côté, c'est ce que j'ai tenté de lui expliquer, mais je n'ai fait qu'augmenter son inquiétude, je l'ai vue grandir dans ses yeux bruns, un brun étonnant, si foncé et pourtant moelleux, attendri par une lueur voilée, elle devait se dire que, dans ce cas, j'allais me remettre à jouer le même passage dès qu'elle aurait le dos tourné jusqu'à ce que j'aie trouvé, quoi, elle n'avait sans doute pas compris, mais que cela me prendrait beaucoup de temps, c'est pourquoi j'ai abandonné mes explications, qu'elle se rassure, je ne toucherais plus à mon piano ce soir-là.

Elle s'est levée, j'aurais voulu qu'elle reste encore un peu, sur le seuil j'ai eu envie de serrer ses doigts entre les miens pour les empêcher de trembler, mais elle était pressée, elle a disparu dans l'escalier, j'ai entendu sa porte se fermer, j'ai refermé la mienne, aussi doucement que je l'ai pu, j'espère qu'elle a réussi à se remettre au travail, il faisait un peu plus frais, mais il était tard et elle semblait si épuisée.

Ce matin en me réveillant, j'ai pris la décision de m'en aller, qu'elle travaille en paix pendant quelques jours, j'ai eu envie de sonner à toutes les portes pour demander qu'on la laisse tranquille, la maison est bruyante, mais ces gens que je croise dans l'escalier, je les connais à peine, je me suis contenté de sonner à la tienne, parce que tu es mon ami et que tu habites à côté de chez elle, je m'en vais, tu devrais en faire autant, mais, si tu restes, prends garde, marche sur la pointe des pieds, surtout pas de musique et ne reçois personne, sors plutôt, elle a vraiment besoin de calme, il a eu l'air éberlué, est-ce que tu es amoureux, quelle idée, mais mon piano l'énerve, alors je pars, ne va pas tout gâcher.

J'ai dévalé l'escalier, j'ai senti qu'il était penché par-dessus la rampe, qu'il m'observait, mais il ne m'a pas rappelé, il est rentré chez lui, en traînant les pieds, en secouant la tête, il va faire attention, je le connais, il sait que je suis raisonnable et que, par conséquent, ma demande est fondée.

En marchant vers la gare, j'ignorais encore où j'irais. Je n'ai pas hésité longtemps. Depuis des semaines je n'avais plus vu mes parents, ma visite leur ferait plaisir.

Malheureusement chez eux le piano est toujours désaccordé.

C'est pourquoi j'ai abandonné. Je suis sorti, ma mère était au jardin. Je lui ai parlé du piano. Mais tu es là si rarement, cela ne vaut pas la peine de s'en occuper, des reproches, c'est vrai que je les abandonne un peu ces temps-ci. J'ai promis de venir plus souvent à condition de pouvoir jouer. Elle a souri, elle ne m'a pas cru.

Et maintenant je pars pour ma promenade préférée.

La Grande Maison, la maison du pianiste, c'est pour elle aussi que je suis ici.

Le murmure de la rivière, déjà. Les éclats argentés de l'eau entre les arbres. Le pont. Au milieu, un arrêt, comme toujours. La rivière, son dos lisse, sa course paisible en apparence et, au-dessous, ces creux voraces, ces tourbillons d'ombres. Le chemin, après le pont, qui s'écarte de la route, le chemin de terre serré entre la forêt et le mur, la grille vers laquelle je courais quand j'étais en promenade avec mes parents, mais dès qu'ils m'avaient rejoint, ils m'obligeaient à les suivre, plus tard seul à attendre, à espérer l'entendre, mais c'était rare, il était souvent absent et il fallait encore que le temps soit beau et la fenêtre ouverte, mais alors je rentrais en retard pour le souper, je me répétais, sur le chemin du retour, ce qu'il avait joué, je ne voulais pas l'oublier, j'ai demandé à mes parents un piano et qu'ils m'emmènent au concert pour le voir, j'ai eu le piano, mais pas le concert, ils me trouvaient trop jeune et puis il a brusquement cessé d'en donner, je ne l'aurai jamais vu sur scène.

Ces jours-là, je m'asseyais au pied de la grille, j'oubliais l'heure et quand j'ai décidé de faire de la musique, plus tard, ils ont pensé que c'était à cause de lui, mais ce n'est pas si simple. Même s'il jouait, mes parents passaient devant la grille sans s'arrêter, mes copains me laissaient là, ils disparaissaient entre les arbres, retournaient à leurs jeux. J'étais le seul à l'entendre, à le comprendre, et pourquoi cette différence, je me disais que, lui et moi, nous étions semblables, que nous venions d'un autre monde où se parle une autre langue, c'était la mienne, je l'ai reconnue, la seule dont je pourrais me servir, et peut-être sans lui aurais-je vécu dans l'exil, un étranger plus ou moins adapté, résigné, je ne le crois pas, j'aurais fini par comprendre, je n'en suis pas sûr.

Mais aujourd'hui il ne sert à rien d'attendre, le piano, s'il est encore là, dort dans un coin, délaissé, ou est-ce que quelqu'un vit encore ici, sa femme, mes parents doivent le savoir.

Et maintenant, bien sûr, mieux vaudrait rebrousser chemin, pourquoi cette brusque envie de plonger dans les fourrés, de faire le tour du parc en suivant le mur, pour lui permettre de réussir ses examens, que je déchire ma chemise, que je m'écorche la peau, elle n'en demandait pas tant, d'accord, ce n'est pas elle, seulement cet autre mur, trop lisse, ni brèche ni la moindre fissure, mes doigts sont fatigués de courir sur les touches, c'était notre langue, c'était mon pays et le sien, pourquoi n'ai-je plus le droit d'entrer ou me suis-je trompé, à quoi bon piétiner devant mon clavier, énerver les voisins, pour le moment c'est moi qui m'énerve, le mur est bordé de ronces et quand j'aurai atteint le bord de la rivière je serai bien avancé puisqu'il n'y a pas de pont de l'autre côté, pourtant je continue, j'écarte les branches, elles ne m'empêcheront pas de passer.

*
* *

La petite porte de fer, dans le mur nord, non loin de la rive, je n'y pensais plus, je me souviens, autrefois elle était rouillée et cadenassée, aujourd'hui recouverte d'une belle peinture vert foncé et munie d'un écriteau : passage autorisé.

Je l'ai poussée, elle s'est ouverte sans bruit, les gonds avaient été huilés. À l'intérieur, c'étaient d'abord les mêmes fourrés, le passage était autorisé, mais pas encouragé et sûrement peu emprunté. Heureusement, ils s'éclaircissaient rapidement, faisaient place à un petit bois aux troncs nus et droits, traversé par un ruisseau qui, de là où j'étais, paraissait immobile. Je m'en suis approché, l'eau coulait, lente et peu profonde, entre de grosses pierres moussues sur lesquelles j'ai posé le pied pour traverser.

À l'orée du bois, je me suis arrêté. Devant moi s'étendait un pré fauché, au-delà l'allée conduisait à la grille, mais je n'avais pas envie de l'emprunter. Je me sentais fatigué et ici tout était si tranquille, j'avais l'impression de me défaire peu à peu d'un rêve pénible, la chaleur étouffante de la ville, dans mon appartement aux rideaux tirés le piano qui m'attendait, l'éclat de ses touches, dans la pénombre, comme un mauvais sourire, les mains de ma voisine qui tremblaient et, autour du mur, ce désordre de branches et d'épines, cette épaisseur de foule ramassée et hostile qui refuse de s'écarter pour vous laisser passer, et ici, brusquement, tout était dégagé et tranquille, la grille au bout de l'allée, les pelouses lisses, à côté des bosquets leurs ombres rondes, la houle légère des feuilles et de leurs reflets sur les fenêtres de la tour. Je n'avais plus qu'une envie, m'allonger sur l'herbe et dormir, c'est ce que j'aurais fait, je crois, si je n'avais vu quelqu'un, debout dans l'angle de la maison, qui regardait dans ma direction, je me suis souvenu de l'écriteau, il était permis de passer, mais pas de s'attarder, il me fallait lui parler, le remercier et m'en aller. C'était un homme assez grand, entre deux âges, vêtu d'une salopette bleu foncé tachée de peinture, il venait à ma rencontre, il m'a serré la main, pris par le bras, conduit à une table de jardin, il m'a offert une chaise, est-ce que j'avais l'air d'un naufragé, d'un rescapé, avant de disparaître à l'intérieur.

De nouveau j'étais seul et soulagé de l'être, j'ai pu examiner de plus près la façade, je ne la connaissais que de loin, et voilà la fenêtre derrière laquelle il jouait, grande ouverte sur le parc, les jours d'été.

Mais l'homme à la salopette était de retour, j'avais cru d'abord, à cause de sa tenue, qu'il était un ouvrier occupé à des travaux dans la maison, mais quand il s'est assis à côté de moi, qu'il a rempli deux verres et m'en a tendu un, j'ai compris qu'il était le nouveau propriétaire et peut-être était-il de sa famille, peut-être l'avait-il connu ? J'ai hésité, il buvait son jus d'orange en souriant, il paraissait content d'être là, de se reposer un instant et peu désireux d'engager la conversation.

mes pas fatigués, je croyais que j'allais avoir peur, non, du moins pas encore. À l'abri de mon lit, je laisse mon regard se poser où il veut, sur les rideaux tirés devant la fenêtre, leurs plis tranquilles, parfois parcourus d'un frémissement, on dirait l'échine d'un chat sous la main qui la caresse, parfois soulevés, tendus comme une voile inutile, sur les courbes du fauteuil où je refuse de m'asseoir, la surface lisse de la table, les lignes d'un dessin accroché au mur, sur la porte, mais, quand elle s'ouvre, je ferme les yeux. Je ne veux pas de questions, je ne veux pas de sourires ni d'un visage penché sur le mien. Une main fraîche frôle mon poignet, hésite et s'éloigne. Longtemps encore j'écoute le murmure ininterrompu des couloirs, leur rumeur de terre qui faiblit, je vois de loin la côte et les lumières se détacher d'elle comme les fleurs fanées d'un arbre que leur chute assombrit. Alors je peux partir, m'enfoncer dans cette brume lente, oublieuse, si confortable qu'il serait bon de n'en pas revenir, mais au matin, quand le sommeil s'en va et qu'elle se déchire, je sais que j'ai repris ma place et mon attente.

*
* *

C'est l'heure creuse de l'après-midi où la maison semble désertée, où le sommeil se défait en rêves fiévreux qui tiédissent et froissent les draps, m'obligent à les rejeter, à me lever.

Le visage, sur le dessin accroché au mur en face de mon lit, est légèrement incliné vers l'arrière, cou

Et sans doute aurais-je tout de même dû lui dire qui j'étais et ce que je faisais là, j'ai cherché, quelques mots, mais ceux qui se sont présentés m'ont paru, comme souvent, trop insuffisants pour valoir l'effort de les prononcer. Alors je me suis tu aussi, fatigué et heureux, gagné par son calme, ses gestes lents, la douceur de l'air à l'ombre des arbres, maintenant qu'un peu de vent venait de se lever. D'ailleurs je ne pouvais détacher mes yeux de la façade, de sa fenêtre, une seule question me préoccupait, est-ce que le piano est encore là, mais je ne pouvais pas la poser, il était trop tard, parce que, dans le silence, je l'entendais, j'écoutais, j'étais un enfant assis au pied de la grille, ce qu'il jouait et comment, je m'en souvenais, la musique naissait neuve à l'instant, prenait toute la place, j'aurais pu fredonner ou chanter comme je le faisais en rentrant chez moi ces jours-là, je me suis contenté de boire, le plus lentement possible, un deuxième verre, le moment était venu de prendre congé, j'allais me lever quand il m'a proposé de visiter la maison, j'ai accepté avec un tel enthousiasme qu'il m'a dévisagé, intrigué, peut-être méfiant, j'ai craint qu'il ne change d'avis, de nouveau j'ai cherché quelque chose à dire, une phrase polie, de nouveau je n'ai rien trouvé, sa fenêtre était ouverte et je l'écoutais, blotti contre la grille, je n'espérais pas qu'elle s'ouvre, je n'espérais pas entrer, mais maintenant, s'il m'avait demandé de partir, j'en aurais été incapable, heureusement il s'est dirigé vers le perron et je l'ai suivi de près, j'avais peur que la porte ne se referme avant que je n'aie eu le temps de passer.

Il marchait devant et je le suivais, nous avons traversé une vaste enfilade de pièces aux murs fraîchement repeints, aux parquets luisants, nulle trace de vie, ni vêtement jeté sur une chaise, ni journal déplié sur une table, des pièces presque vides, à part, ici ou là, un vieux meuble, l'éclat paisible de son bois doré par la cire, toutes silencieuses, endormies dans la lumière, à peine troublées par le bruit de nos pas et j'aurais voulu m'approcher d'une fenêtre, entendre du moins le murmure de la rivière, mais il ne m'attendait pas, sc hâtait, nous avons emprunté un escalier, nous sommes entrés, au bout d'un couloir, dans la pièce d'angle, celle de la tour, et il était là, mais ce n'était pas sa place, épanoui, majestueux, le cœur dur, dense et noir de cette pièce transparente, de cette maison trop blanche, et je me suis demandé comment elles pouvaient en supporter le poids.

Et là, même s'il avait continué sa course, sa fuite en avant, j'aurais refusé de le suivre, mais il s'est arrêté. Nous sommes restés un instant sur le seuil avant que je me décide à entrer, à me pencher sur lui, sur le reflet de mon visage dans l'eau sombre du bois, profonde comme un miroir.

Est-ce que vous voulez l'essayer ?

Je me suis retourné, il était installé dans l'unique fauteuil et il attendait, le buste incliné vers l'avant. J'ai soulevé le couvercle, effleuré les touches, une caresse, du bout des doigts d'abord, pour m'assurer de sa bonne volonté, lui demander de m'excuser, le tabouret était à la bonne hauteur, et j'ai joué, la sonate, oui, j'ai eu une pensée pour ma voisine, mais elle était trop loin pour m'entendre, avant de l'oublier, j'ai joué et recommencé, j'ai repris les mêmes passages, essayé encore, longtemps je crois, je ne m'en souviens pas, sinon que je n'éprouvais plus aucune gêne, je ne craignais plus d'importuner mon hôte, lui aussi je l'avais oublié. Et j'aurais continué encore si je n'avais tout à coup remarqué que la lumière avait changé, qu'une tache d'un jaune huileux s'élargissait entre mes doigts sur le clavier. Il était tard, le soir venait. J'ai retiré mes mains des touches, je les ai posées sur mes genoux, de nouveau je me suis retourné, il ne montrait aucun signe d'impatience, qui était-il dans sa salopette tachée de peinture, le visage paisible dans la lointaine lueur du soleil couchant, que faisait-il ici à part repeindre les murs et cirer les parquets ? Mais comment le savoir, il m'était impossible de rompre le silence autrement qu'en jouant, j'en avais envie, je n'ai pas osé, j'ai refermé le couvercle, lentement, j'allais me lever quand il m'a retenu d'un geste, je ne sais quand il avait introduit le CD dans le lecteur, peut-être y était-il déjà et n'avait-il eu qu'à le mettre en marche, déjà la musique emplissait la pièce, lui assis dans son fauteuil et moi au piano, les mains sur les genoux.

La fenêtre était ouverte, mais il n'y avait pas d'enfant derrière la grille. Le pianiste jouait et j'étais chez lui, dans sa maison. Mon hôte écoutait, la nuque appuyée au dossier, qui était-il, nous n'avions échangé que quelques mots, je suis maladroit, c'est vrai, taciturne, capable pourtant à l'occasion de desserrer les dents, mais le silence autour de lui, le silence de cette maison était trop résistant et d'où me venait, depuis mon entrée dans le parc, cette curieuse sensation de vertige, d'impuissance, ce désir d'abandon et c'est ce que j'ai fait, j'ai fermé les yeux, d'ailleurs la musique était trop pleine, trop proche pour que je me soucie d'autre chose. J'écoutais et, en même temps, je le voyais descendre les marches du perron, était-ce le souvenir d'un rêve ou l'avais-je vu vraiment, un jour de mon enfance, descendre le perron, traverser l'ombre de la tour et prendre la direction du petit bois, son pas lourd, sa silhouette un peu lasse, un peu voûtée, cette image, d'où remontait-elle, est-ce que je l'avais vu s'éloigner lentement, très seul, sa silhouette inscrite entre les troncs, larges et sombres au premier plan et de plus en plus fins et transparents, qui ressemblaient pour finir à de fragiles colonnes de verre dressées dans une très vive lumière ?

Et, charriés par cette image, me revenaient quelques mots lus autrefois, dans quel journal, d'un critique qui le décrivait sur scène, solitaire, disait-il, comme sur une île, au-dessus des spectateurs, de leurs corps confondus, des vagues attentives, retenues de leurs souffles, où avais-je bien pu lire ça, seul comme il l'était ce jour où je l'ai vu s'éloigner, sa silhouette mêlée maintenant à celle des arbres, où j'ai attendu qu'il s'efface dans la lumière avant de me décider à rentrer chez moi.

Est-ce qu'il a poussé la petite porte de fer ? Est-ce qu'il est allé s'asseoir au bord de la rivière ?

Le jour baissait. Une branche, traversée par les derniers rayons du soleil, balançait lentement ses feuilles derrière les fenêtres de la tour, je voyais trembler leurs ombres sur les murs, je les sentais rouler sur mon visage, lentes et fraîches comme les premières gouttes de pluie, un soir d'orage.

Un mur, qu'avais-je bien pu raconter à ma voisine, rien que mes doigts sur le clavier qui courent, qui fuient leurs reflets, le chemin que leurs reflets creusent dans le bois du piano, leurs signes au bout du chemin qui m'appellent et reculent.

On aurait dit que le soleil, en se couchant, se diluait, qu'une lave jaune débordait du ciel à l'horizon, recouvrait le parc, montait jusqu'aux fenêtres de la tour, au-dessus ne restaient plus que les hautes branches de l'arbre et quelques oiseaux qui plongeaient, s'amusaient à en frôler la surface, du ventre et des ailes.

Ils reculent et m'invitent à les suivre. D'autres se promènent au bord du lac, ma voisine écarte ses cheveux, ses yeux ont une étrange couleur, un brun si mat et au-dessous ces nappes plus claires, plus tendres, ses mains tremblent, nos portes se referment. Il n'y avait que ma peur, mais de quoi, ce chemin et les autres, le monde est plein de désirs, de chaleur, d'occasions de bonheurs et d'oublis, si ce n'était qu'une illusion, une route imaginaire, aucune assurance, aucune certitude, et voici le moment où la main gauche se soulève, passe pardessus la droite, répète la même note claire, d'abord incrédule et puis pensive et puis d'accord, profondément sereine et limpide.

Et bien sûr, il n'était pas seul, il écoutait avec une extrême attention et c'est pourquoi il paraissait si distant, il écoutait comme je l'écoutais, assis au pied de la grille, comme nous l'écoutions, mon hôte et moi, réunis grâce à lui, malgré notre silence. Il n'était pas seul, nous ne l'étions pas non plus, dans ces moments-là seulement nous ne le sommes plus.

La peur, un prétexte à trouver pour me dérober, éviter le risque de me tromper, de parier et la fuite, au premier prétexte, pour me retrouver où, ici, dans cette maison, à l'intérieur du mur, et voilà, j'avais raison, il existe, mais dressé autour de moi, par les soins de qui ? La musique s'était tue. Les oiseaux, leurs cris rapprochés, semblaient resserrer leurs cercles autour de nous. Il n'y avait plus derrière les vitres qu'une faible palpitation de braises sous un capuchon de cendres.

Mon hôte s'est levé, m'a souri. Il s'est approché de la fenêtre. J'ai cru l'entendre dire que de toute façon nous n'avions pas le choix. Mais il me tournait le dos, il parlait à voix si basse et déjà se dirigeait vers la porte et je le suivais, nous avons retraversé les pièces vides, descendu l'escalier, de nouveau nous étions au jardin, au bas du perron. Je l'ai remercié et je suis parti. En refermant la grille, je l'ai vu encore, immobile au haut des marches, est-ce moi qu'il regardait ou, au-dessus de moi, les trajectoires compliquées des oiseaux, j'ai levé le bras, à tout hasard, en signe d'adieu.

Ma mère, dès mon arrivée, m'a annoncé que l'accordeur était passé. Elle n'a pas envie que je parte. Et ma voisine ne souhaite pas mon retour. Je me suis assis au piano. Mes doigts sont curieusement gourds et pesants. Il me semble que la musique peine à se dégager du silence, d'une gangue de silence, d'un cocon où elle aurait dormi longtemps, et qu'elle déplie ses ailes froissées, maladroitement.

La Mort

Avez-vous déjà eu l'impression que la mort, oui, que la mort posait la main sur votre épaule ? Non pas que vous ayez été gravement malade, accidenté ou en danger, non, dans le cours ordinaire d'une journée ordinaire, au beau milieu d'une conversation ou dans le silence, dehors ou dans votre maison, cela m'est arrivé quelquefois, n'importe où et n'importe quand ou peut-être y a-t-il une raison, un lien entre ces lieux et ces différents moments, mais je n'ai pas réussi à les découvrir, brusquement cette main, froide ? même pas, comment la décrire, ferme en tout cas, sûre et indifférente, inattendue, la main, sur votre épaule, d'une inconnue et l'a-t-elle posée là au hasard ou est-ce bien vous qu'elle cherchait ou s'est-elle trompée, inutile de vous agiter, vous ne pouvez ni vous retourner pour voir son visage, ni soulever votre main pour écarter la sienne, vous êtes paralysé, vous attendez, ce qui se passe ensuite, comment dire, c'est un si curieux moment, vous aimeriez savoir, même à peu près, à quoi il ressemble, on pourrait accumuler les comparaisons approximatives, mais celle qui me vient à l'esprit en premier, la voici : imaginez que vous vous trouviez debout sur une étroite plateforme suspendue sur le vide, une sorte de plongeoir, oui, si vous voulez. Et la main vous pousse lentement en avant. Autour de vous tout s'efface, vous êtes pris dans le jour blanc, aveuglant du brouillard sur la neige ou plutôt dans les plis d'une obscurité transparente et palpable et, comme si, brusquement réveillé, assis dans votre lit, vous n'arriviez plus à vous rappeler où vous êtes, vous tendez le bras à la recherche d'un mur pour vous repérer, d'un interrupteur pour donner de la lumière, mais il n'y a plus rien ni personne ni aucun cri possible, votre voix aussi a disparu, plus rien que cette passerelle tronquée et l'étreinte, sur votre épaule, de cette main qui vous pousse en avant et bien sûr vient le moment où vous posez le pied dans le vide, où vous basculez, une très lente chute, l'obscurité et le silence lentement ouverts et refermés sur vous comme des sables mouvants et quand l'air vous manque, pour cette fois et comment se passera la dernière ? le brusque retour à la lumière, à la vie, et tout cela, même s'il m'a fallu beaucoup de mots pour le dire, n'aura duré, je vous l'assure, qu'un instant, une poignée de secondes, le temps d'une peur, d'une angoisse infinies, devant la solitude qui est la nôtre, qui sera la vôtre à ce moment-là, parfaite, vous venez de le redécouvrir, sans faille et sans remède.

V

RESTE encore un peu, je n'aime pas cette heure où je sens que se déchire un feuillet de plus au calendrier, où la nuit vient arracher de nouveau un jour au temps.

Oui, je suis retourné là-bas, il y a un mois environ. J'ai eu envie de revoir la maison. Cela faisait si longtemps. Depuis la mort de notre mère, aucun de nous n'y va plus, n'est-ce pas ? Tout là-bas n'est plus que le rappel de ce que nous avons perdu, sa présence bien sûr, et puis nos jeux, le petit bois, la rivière, l'insouciance des vacances, de l'enfance, on parle toujours de l'insouciance de l'enfance, de la mienne je me souviens aussi des peurs, des chagrins, mais, tu as raison, qui avaient la légèreté de ce qui ne fait que passer, de ce qui ne va pas durer, la vie était devant nous, inentamée, et le bonheur aussi, qui nous attendait quelque part, qui nous était réservé. Alors oui, l'insouciance, tant qu'a duré cette étrange assurance, l'espoir que, entre toutes les routes qui s'offriraient à nous, nous choisirions la bonne, celle qui nous conduirait jusqu'à lui, alors que nous savions si peu de chose, que nous nous connaissions à peine. Et de lui, du bonheur, quelle idée nous faisions-nous, rond et plein, j'imagine, comme un soleil qu'on verrait un jour suspendu devant nous dans un ciel sans nuages, dans une aube radieuse, la promesse d'un beau temps éternel.

Nous n'y allons plus depuis si longtemps, pourtant une maison a besoin qu'on s'en occupe ou alors il faut la vendre. Nous ne souhaitons ni l'un ni l'autre, je le sais bien, seulement ne pas avoir à choisir, et c'est pourquoi nous évitons d'en parler et même d'évoquer les souvenirs qui lui sont liés et qui sont parmi les meilleurs, ceux des vacances de notre enfance, de nos jeux dans le parc, au bord de la rivière, nous les reprenions dès notre arrivée, nous les abandonnions à notre départ, jamais nous n'y avons joué ailleurs, est-ce que tu te souviens avec quelle conviction nous endossions nos rôles dans ces aventures dont nous étions les héros, inventées au fil des jours, reflets des livres que nous avions lus, des films que nous avions vus, mais il y avait autre chose qui n'appartenait qu'à nous, l'ébauche dans nos répliques maladroites de ce que nous allions devenir, l'affirmation encore hésitante de nos qualités, de nos insuffisances, et déjà les premiers soubresauts des désirs occupés à se former en nous. Il y a eu l'année du naufrage, celle de l'incendie, celle où nous étions perdus, nous avons si souvent ri de nos histoires et puis nous avons cessé d'en parler, nous avons évité les mots qui auraient pu entraîner à leur suite ceux que nous redoutions : qu'il faudrait bien finir par se décider, faire réparer le toit, faire abattre des arbres, mais le toit est immense comme le parc, comme le mur qui, je l'ai vu l'autre jour, menace de s'ébouler par endroits. Lui sacrifier toutes nos économies ou la vendre, c'est une décision, je le sais maintenant, que vous prendrez sans moi et c'est pourquoi peut-être je me suis senti libre de la revoir et aussi parce que, ce matin-là, j'ai entendu le chant des oiseaux, il n'avait plus rien des cris pressés, emportés par le vent des jours précédents, il s'attardait, mélodieux, pensif, et c'est vrai que l'air était anormalement doux pour la saison, un chant qui m'a rappelé Pâques, notre premier séjour chaque année là-bas, et le printemps qui ne reviendra plus pour moi. Je me suis levé, le soleil achevait de dissiper une brume légère, transparente et bleutée, c'est à ce moment-là que j'ai décidé de partir, que j'ai éprouvé le désir impérieux, inattendu, parce que je croyais n'y plus penser et qu'elle ne me manquait pas, de la revoir pour la dernière fois, « pour la dernière fois », ces mots, ce couperet qui ne cesse de tomber tout au long de notre vie, de trancher sans qu'on le sente, le fait depuis quelque temps avec une insupportable brutalité, avec, à chaque fois, dans l'air, un sifflement de lame, ensuite sa morsure glacée sur ma nuque, les yeux fermés sous le choc et l'impression de tomber, le besoin de me tenir, de m'appuyer à quelque chose, un mur, le dossier d'une chaise, en attendant que la douleur et mon cœur se calment, que mon souffle reprenne, avant de pouvoir continuer.

J'ai garé la voiture sur la route à la lisière de la forêt. J'ai ouvert la grille et je suis entré. Rien n'a changé ou presque, les arbres un peu plus hauts, plus serrés autour de la maison pour la protéger ou l'étouffer lentement, un plus grand fouillis de branches, d'arbrisseaux, l'herbe, qu'on ne fauche plus, couchée par endroits sous le vent et la pluie, piétinée par l'hiver comme par les pas d'un géant, mais il y a bien longtemps que le parc est mal entretenu, le tout très familier donc, à peine discordant, comme le sont tous les lieux que l'on retrouve après une longue absence, dont les proportions nous semblent changées, jusqu'à ce que nous en ayons repris possession, jusqu'à ce que l'habitude leur ait redonné leur aspect ordinaire et peut-être trompeur.

Et la maison avait toujours son air sévère et triste et le même reproche à nous faire, qu'on l'avait trop longtemps délaissée. J'ai monté les marches du perron, eu autant de peine qu'autrefois à faire tourner la clé dans la serrure avant que la porte ne s'ouvre sur cette odeur, est-ce que tu t'en souviens, de moisi, de renfermé, mais aussi d'encaustique, de fumée, l'odeur qui est toujours restée pour moi celle de Pâques et du début de l'été, le signe que les vacances étaient enfin commencées, et à l'intérieur il faisait froid et humide comme à chacune de nos arrivées, la maison n'était confortable que quelques jours plus tard, quand tous les poêles avaient été allumés, même par beau temps, et les chambres aérées.

Les volets étaient fermés, j'ai passé d'une pièce à l'autre dans l'obscurité, je n'avais pas besoin de lumière, je les connais par cœur, la disposition des meubles, des objets, les dessins des tapis, et je n'avais pas l'intention de m'attarder, je crois même que j'étais en train de me dire que je n'aurais pas dû venir, que j'avais hâte d'être parti, quand j'ai poussé la porte de la cuisine, elle était claire, les volets restés ouverts, et vide, entièrement nue, froide et silencieuse, la cuisine de notre mère, autrefois toujours encombrée, rappelle-toi, les casseroles sur le feu, sur la table les fleurs du jardin, les provisions qu'on nous livrait du village, nos affaires qui traînaient et elle nous appelait pour nous demander de les emporter, et le pain encore chaud dans lequel nous avions envie de mordre, mais nous n'osions pas, jusqu'au repas nous n'avions droit qu'à son odeur, oui, l'odeur du pain chaud.

Et tout à coup je l'ai revue, de dos, debout devant la fenêtre, ce n'était pas sa silhouette des dernières années, maigre et voûtée, avec sur la nuque cette couronne de mèches grises qui s'échappaient toujours de son chignon, mais celle d'avant, qui jusqu'alors se dérobait toujours, celle du temps de notre enfance, de ces vacances dont nous ne parlons plus, droite encore, élancée, je la voyais, dressée sur la pointe des pieds, le bras tendu pour ouvrir la fenêtre au-dessus de l'évier, tu sais, la petite fenêtre à quatre carreaux, haut placée, et elle regardait, de cette fenêtre on n'aperçoit que le haut des arbres et le ciel, pourtant elle regardait avec une profonde attention passer des oiseaux peut-être ou des nuages, ce jour-là, que je croyais avoir oublié, elle se tenait là, la main sur la poignée de la fenêtre, à regarder je ne sais quoi, lointaine, différente et j'étais de nouveau cet enfant arrêté sur le seuil qui n'osait pas l'appeler, la déranger, je ne voyais pas son visage, son dos seulement, ses cheveux noirs comme sa robe, et le nœud de son tablier, le bras retombé maintenant, la main appuyée sur le bord de l'évier, et pourquoi restait-elle si longtemps immobile devant cette fenêtre ouverte, pourquoi ce silence, cet arrêt imposés autour d'elle à toute la maison et à ses habitants, c'était un accroc dans le cours du temps, dangereux, tu comprends, une brèche, une blessure par où je sentais confusément que s'écoulait un peu de la substance de notre vie, un peu de sa sécurité et de sa paix. Car nous avait-elle oubliés, avait-elle parfois des pensées que nous ignorions, pourquoi s'intéressait-elle tant à ce ciel où je n'étais pas plutôt que de se tourner vers moi avec son sourire et son visage de tous les jours, les jours de mon enfance qui ne devaient pas s'interrompre, menacés, je venais de le comprendre, par la moindre hésitation, le moindre manquement aux habitudes, notre mère regardait le ciel, elle ne préparait pas le repas, les fleurs se fanaient sur la table à côté des légumes qu'elle n'avait pas encore épluchés et de nos affaires qu'elle ne nous demandait pas de ranger, elle rêvait ou réfléchissait ou peut-être, mais rien ne l'indiquait, ses épaules étaient tranquilles, elle pleurait, et je me suis enfui sans bruit, je suis sorti du parc par la petite porte, je suis allé me cacher dans les fourrés au bord de la rivière, je suis arrivé en retard au repas, j'ai été grondé et j'en ai été profondément soulagé. Les choses avaient repris leur cours, pour un temps, pour longtemps, et j'étais si jeune alors, longtemps, c'était presque toujours.

Je me fatigue vite. D'avoir traversé le parc et toutes les pièces de la maison, mes jambes tremblaient, je me suis assis sur un tabouret devant la table vide et, je me le suis demandé, est-ce que je n'étais venu que pour elle, pour avoir enfin le courage de l'appeler, qu'elle cesse de regarder le ciel, qu'elle se retourne, me prenne dans ses bras et me dise que tout cela n'est pas vrai, pas vrai que les jours de l'enfance sont comptés, remplacés par d'autres, plus rapides encore et plus troubles, qu'une fois replié peu à peu dans sa main l'éventail, ouvert un instant devant nous par la vie, des chemins possibles nous marchons sur le seul qui nous reste vers une issue certaine que nous nous efforçons d'ignorer, dont nous savons pourtant que chaque pas nous rapproche et, quand nous y sommes, nous nous étonnons, nous murmurons que le moment n'est pas le bon ni la manière, mais comment alors et quand, quand sommes-nous prêts à nous entendre dire qu'il ne nous reste plus que quelques semaines, si tout va bien quelques mois à vivre, une poignée de jours, et de tous les gestes que contient un jour, se dire pour chacun que c'est peut-être le dernier, la dernière fois, tu comprends, que tu te lèves de ton lit le matin, que tu te rases, que tu te laves, le goût du café pour la dernière fois dans ta bouche. Et mon cœur battra une dernière fois. Et ensuite, ce qui se passera à l'intérieur de mon corps, après ce dernier battement, je peux bien l'imaginer, mais moi, ma mémoire, celle de ma peau, de mes yeux, de mon âme hypothétique, tout ce qu'elle contient, les images, les odeurs, mes désirs, mes plaisirs et mes peurs, et les voix, les voix et les visages de ceux que j'ai aimés, que deviendront-ils en cet instant que je ne peux me représenter ou seulement peut-être comme le retour dans la maison de notre enfance, mais que j'aurais trouvée entièrement vide et dans laquelle je serais égaré, sachant que je la connais parfaitement et pourtant ne reconnaissant plus rien, vous appelant sans recevoir de réponses, ouvrant les portes de vos chambres et ne comprenant pas pourquoi maintenant elles débouchent sur le vide, oui, que deviendrai-je pendant que mon corps sera occupé à se défaire, est-ce que je vais me désagréger lentement comme lui ou me perdre d'un coup, est-ce qu'on a le temps de sentir ses pensées s'amoindrir, de voir les mots s'échapper des phrases, les phrases criblées de trous, est-ce que je vais assister à la lente dissolution de ce livre intérieur que je n'ai cessé d'épaissir, de toutes ces pages que je n'ai cessé de noircir, marchant dans le sillage d'une plume invisible et tenace dont j'espérais qu'elle me conduise à travers la solitude, le silence inquiet du désert au seuil d'un autre silence, plus vivant, plus fertile, un jour déployé devant moi et offert pour toujours comme une terre promise, mais je n'ai pas trouvé et je vais mourir, et tu vois, j'entonne à mon tour le refrain, la prière qui monte aux lèvres des mourants : je meurs trop tôt, j'aurais eu besoin d'encore un peu de temps.

Il fait froid dans cette cuisine. Notre mère a ouvert la fenêtre. Depuis si longtemps elle examine le ciel, les nuages, les oiseaux. La nuit tombe et, à peine plus noires qu'elle, on ne devine plus que les cimes des arbres, leur sombre et lourd remuement dans l'obscurité. Mes jambes tremblent, mon corps entier tremble de froid et de fatigue. C'est le moment qu'enfin elle se retourne, car je ne suis venu que pour elle, pour le son de sa voix, son sourire, l'odeur de ses vêtements, est-ce que tu t'en souviens, quand elle nous serrait dans ses bras, ce mélange de linge frais, de parfum, j'étais venu parce que j'étais triste et seul, parce que j'avais peur, pour qu'elle me rassure, me console, me répète doucement à l'oreille que tout cela n'est rien, un cauchemar, qu'il est temps de fermer les yeux, de dormir, que demain il fera beau, que je me réveillerai heureux, que demain je pourrai courir à mes jeux de nouveau.

J'ai eu de la peine à faire tourner la clé dans la serrure, l'allée m'a paru longue jusqu'à la grille, je me suis assis au volant. Et peut-être n'aurais-je pas dû revenir, rester là-bas, attendre encore, qu'en penses-tu, là-bas la mort aurait-elle eu son visage ?

La Gravure

Il se penche, la soulève, l'emporte dans ses bras, elle est devenue si légère, il descend l'escalier, les marches du perron, la dépose lentement, à regret dirait-on, dans une chaise longue, arrange sur elle, qui a toujours froid, les plis d'une couverture, s'éloigne ensuite, la regarde de loin, son sourire qui s'éteint déjà, ses yeux qui se ferment, son visage de nouveau immobile à part quelquefois un tressaillement involontaire des paupières ou des lèvres, et là, plus qu'ailleurs et à d'autres moments, il constate les progrès de la maladie et s'en effraie et les chants d'oiseaux autour d'eux, l'éclatement des bourgeons, l'irrésistible montée de l'herbe, tout cela, le printemps lui semble tirer de son épuisement à elle toutes ses forces.

Ou alors il passe devant la chaise longue sans s'arrêter, prend l'allée, franchit la grille, elle va mieux, il la soutient, ils marchent ensemble sur un sentier qui longe le bord de la rivière, à contre-courant, mais est-ce le même couple, je les vois maintenant, comme si, de mon côté, j'avais gravi la pente escarpée d'une montagne, de loin et de haut, deux minces silhouettes au milieu des pierres, assises au bord d'un mince filet d'eau claire et glacée et dans le ciel d'un bleu lourd, d'un bleu opaque de velours, les oiseaux forment, au-dessus d'eux, des rondes lointaines et muettes.

À ces images, d'autres encore viennent se joindre, se greffer, apparemment sans raison, celle d'un jardinier qui s'affaire, d'une femme en robe noire derrière une fenêtre, qui en écarte le rideau, d'un peintre installé sur la berge de la rivière, de sa main sur le papier et, autour d'elle, des lignes de son dessin, de ce chat qui s'étire, s'approche de la maison et, le dos rond, la queue levée, se frotte aux pierres, tiédies par le soleil, de sa façade.

Et de nouveau l'homme se penche, soulève la femme, je vois les marches de l'escalier, la pénombre du hall, la lumière du jardin, le vent soulève les branches et ses cheveux à elle qui dort, et lui, penché en avant, les doigts croisés sur la table, la regarde et attend.

Et rien d'autre pour l'instant.

Ce couple dans son jardin, je sais d'où il vient, je m'en souviens brusquement. C'était chez des amis, j'avais roulé toute la journée, je m'étais arrêté chez eux pour la nuit. Je revois très bien maintenant la chambre qu'ils m'avaient prêtée, le lit aux draps froissés où je n'avais pas réussi à trouver le sommeil et je m'étais relevé, j'avais sorti quelques livres d'une bibliothèque, je les avais feuilletés et reposés avant de tomber sur ce gros volume, au papier taché par l'humidité, illustré par des gravures, et l'une d'elles les représentait, elle étendue sur une chaise longue, lui assis à une table.

Je l'avais approchée de la lampe. Le visage de la femme était très pâle, elle avait les yeux fermés, le corps soigneusement enveloppé dans une couverture, et l'homme, le buste penché en avant, l'observait, veillait sur elle.

Au premier plan, de larges feuillages encadraient la scène.

Cette gravure m'a plu aussitôt, elle était très belle, je me souviens d'une sorte de frémissement, le jeu sans doute, bien rendu, du vent dans les arbres, de leurs ombres sur la façade, la pelouse, les vêtements, mais qui donnait l'impression que quelqu'un, un troisième personnage, venait de s'avancer en écartant des branches qui tremblaient encore en reprenant leur place, qu'il avait passé en laissant derrière lui dans la lumière un très léger sillage, et peut-être était-ce lui dont on devinait la présence derrière l'une des fenêtres, qui en soulevait le rideau, se penchait sur l'homme et la femme figés sous son regard.

J'ai fini par m'endormir. Je me suis réveillé brusquement peu avant l'aube. Il était trop tôt pour prendre congé de mes hôtes. Je suis allé à la fenêtre, je l'ai ouverte, j'ai écouté ces premiers chants d'oiseaux qui toujours, à cette heure-là, semblent venir de très loin, avoir franchi toute l'épaisseur du sommeil et des rêves pour hésiter sur le bord de la nuit.

Je ne sais pourquoi le souvenir de cette gravure a resurgi ce soir, entraînant à sa suite celui du livre, de la table où il était posé sous la lumière de la lampe, du bruissement derrière les vitres de feuilles invisibles, de cette chambre chez mes amis et de cet instant où, après une courte nuit, j'ai rouvert brusquement les yeux et de l'inquiétude que j'ai éprouvée alors, dans cette aube grise qui paraissait sans force, accablée par la tristesse et la solitude comme les chants désemparés des oiseaux, une inquiétude proche de celle que je ressens ce soir, et c'est leur parenté peut-être qui a tiré de l'oubli la gravure, exhumé l'image de ce couple, encore assez vivante pour en faire naître d'autres que je viens de noter, point de départ ou aboutissement d'une histoire pour le moment réduite à cette scène qui se répète avec des variantes, sous des éclairages différents, et tout à coup s'interrompt, qui ressemble à un très vieux souvenir, un peu désincarné, auquel on revient sans cesse parce qu'on le sent capable de nous restituer tout un pan du passé, ou à ces bribes de rêves auxquelles on s'accroche le matin, immobile, les yeux fermés, sachant qu'elles perdues s'évanouira le rêve dans son entier.

De même je sens que cette histoire existe, dont cette courte séquence n'est que le premier et fragile indice, mais j'ignore encore où la trouver et si ces quelques mots resteront inemployés dans mon cahier.

Ce matin-là, il faisait frais. J'ai refermé la fenêtre. J'ai retrouvé avec plaisir la chaleur de mon lit. Et je me suis rendormi en ne pensant sans doute qu'à la longue route qui m'attendait le lendemain, au volant entre mes doigts, croyant avoir oublié la gravure et la menace qu'elle contenait, détournant mes pensées des jours à venir, de toutes ces aubes grises inutilement percées de chants d'oiseaux, de mon dernier matin.

VI

L'ENDROIT m'a été dès l'abord antipathique, mais quand j'ai vu Hélène, après avoir lu la pancarte « à vendre », s'accrocher des deux mains à la grille, les yeux brillants, le visage surpris et heureux de qui redécouvre un lieu aimé, depuis longtemps perdu, j'ai su que nous habiterions ici. Bien sûr, je me suis défendu, je lui ai fait remarquer le parc immense, livré à lui-même depuis des années et dont nous serions incapables de nous occuper, la maison trop grande elle aussi et sans doute mal entretenue, et tout autour rien que ces bois, ces champs, des fermes solitaires, des villages endormis. Elle me regardait sans m'interrompre, un reste de sourire aux lèvres, elle ne m'écoutait pas, à quoi pensait-elle en attendant que je me taise, je me suis tu, aussitôt elle m'a tourné le dos, fermée sur son violent et inexplicable désir, et j'ai compris qu'il n'y avait plus rien à faire.

Sur la pancarte figuraient évidemment le nom et le numéro de téléphone de l'agence, elle a tiré un petit carnet de son sac, c'était étrange, d'ordinaire elle n'emportait rien pour écrire, nous sommes partis et, pendant notre marche jusqu'à la voiture et notre voyage de retour, elle a gardé le silence ou parlé d'autre chose.

Nous avons visité la maison, froide et humide comme on pouvait s'y attendre, les arbres grandis trop près, leur foule sombre massée aux fenêtres, des pièces en enfilade, des papiers peints tachés, des salles de bains vétustes, une cuisine vide à part l'évier cassé, et les phrases toutes faites de l'employé de l'agence qui nous guidait sans conviction, persuadé que, dès la porte refermée, nous nous enfuirions comme tous les autres avant nous, mais il ne connaissait pas Hélène, et tandis que ses explications me semblaient devenir de plus en plus confuses et déplacées, curieusement, malgré le mauvais état des lieux et l'air peu engageant de cette vieille maison, je sentais mon hostilité à son égard se dissiper peu à peu et faire place à de la curiosité, à une vague attirance, la tentation peut-être de céder à l'obscur désir d'Hélène, de me laisser entraîner, de la suivre, dans l'espoir d'un changement, quel qu'il soit, sur n'importe quel chemin, même le moins sûr.

Nous avancions, elle derrière nous, à quelque distance, entourée comme toujours d'un cercle de silence, de pensées non formulées. D'elle, la plupart du temps, elle ne me permettait de saisir qu'une frange si ténue, le regard fixé sur moi, si j'insistais, mais sans me voir, capable de me traverser sans me voir jusqu'à ce que je renonce, aussitôt détourné, son pas déjà lointain, le bruit d'une porte qui se referme, et tendre le bras pour la retenir, c'était un effort inutile, son épaule crispée sous mes doigts comme si je lui faisais mal, mais tout à coup sa main cherchait la mienne, elle appuyait son corps contre le mien, je la sentais, si proche de nouveau, pour un instant elle était là, entièrement, nous savions tous les deux que cela ne durerait pas, pour me consoler je pensais que bien des couples vivent côte à côte sans plus se soucier l'un de l'autre, tandis qu'il nous arrivait d'être ensemble et que nous avions alors à nous dire autant de choses pressantes que si nous venions de nous rencontrer.

Et quand de nouveau elle s'éloignait, je savais qu'il me faudrait de la patience, qu'il me faudrait attendre, encore, sa guérison, au début je l'espérais, ensuite seulement la prochaine embellie, un répit.

Mais d'où venait-elle alors, où retournait-elle, en compagnie de quels visages, invisibles pour moi, vivait-elle ? Que ferait de nous cette maison, ses pièces trop vastes, trop nombreuses pour que nous puissions jamais les meubler toutes, que deviendrait le silence d'Hélène dans ce silence troublé seulement par le chantonnement de la rivière ? Et par le bruissement, parfois sans doute le hurlement du vent dans les branches, mais ce jour-là il se taisait, il retenait son souffle, on n'entendait que le bruit de nos pas, sonores, dans les pièces vides et les escaliers de pierre.

Rien que le bruit de nos pas et pourtant le visage attentif d'Hélène, à l'écoute, comme toujours, de ce que je ne percevais pas, de frôlements, de murmures, les voix, peut-être, fiévreuses, proches et lointaines, de tous ceux qui ont habité ici, une troupe de fantômes qu'elle était seule à voir, silhouettes vagues adossées au mur entre les hautes fenêtres ou penchées par-dessus la rampe de l'escalier pour nous regarder passer, et pourquoi leurs mains tendues vers elle, accrochées à son manteau pour la retenir ne l'effrayaient-elles pas, tandis que se déréglaient peu à peu, me semblait-il, tantôt précipitées, tantôt laissées en suspens, les explications mécaniques de l'employé, troublé sans doute par notre silence, depuis quand n'avions-nous pas desserré les dents, explications qu'elle était capable de ne pas entendre, mais moi non et, pour les interrompre, j'ai affirmé brusquement que la propriété ne valait pas ce que l'agence en demandait, il n'a pas protesté, j'ai su que si nous l'achetions, et probablement nous l'achèterions, il suffisait de voir renaître sans cesse ce léger sourire sur les lèvres d'Hélène, ce serait du moins à un prix raisonnable.

Et au directeur de l'agence qui me vantait la solidité de la maison, sa beauté, qui insistait sur le nombre de pièces et la surface du terrain, j'ai objecté sa rénovation coûteuse et nécessaire, l'abattage et l'élagage des arbres, sa situation, trop loin de la ville pour des courses quotidiennes, trop près pour s'y sentir en vacances, je crois que je parlais aussi pour Hélène, je lui avais demandé de cacher, un instant, son enthousiasme ou de m'attendre au café, mais elle avait tenu à m'accompagner, est-ce qu'elle m'entendait, des champs à perte de vue sur lesquels il est interdit de marcher, rien d'autre, des bois, quelques villages, ce bourg sans charme où nous nous trouvions et la rivière, le chant monotone de la rivière. Les avant-bras posés à plat sur son bureau, il croisait et décroisait ses doigts, il devait en avoir assez de cette affaire, les mains d'Hélène tremblaient sur ses genoux, c'était le moment de donner un prix, il a soupiré qu'il communiquerait mon offre au propriétaire et, quelques semaines plus tard, c'est nous qui l'étions, propriétaires et heureux, Hélène en tout cas qui, après un voyage silencieux, s'approchait maintenant de la grille, l'ouvrait, non sans mal, il faudrait la remettre d'aplomb et huiler ses gonds, qui, radieuse et paisible s'avançait dans l'allée, montait le perron tandis que je garais la voiture, elle devrait, la pauvre, se faire à la vie en plein air, dans cet immense parc, personne, évidemment, n'avait eu l'idée de construire un garage ni même un hangar ou des écuries dont elle aurait pu s'accommoder, je l'ai donc laissée là, avec une tape de la main sur le capot pour nous réconforter un peu, et j'ai suivi Hélène qui avait trouvé la bonne clé et qui venait de disparaître à l'intérieur.

Mais avant de la rejoindre, je me suis arrêté un instant sur le seuil, le ciel était gris et le mur aussi, j'ai hésité avant de refermer la porte, la lourde porte, sur nous, sur notre vie, qu'allions-nous devenir, tous les deux, seuls, dans ce trop vaste cocon, pourquoi nous y enfermions-nous, pour quelle métamorphose ?

À l'intérieur, il faisait déjà sombre, je n'entendais plus les pas d'Hélène, je l'ai cherchée, elle était là, toute proche dans la pénombre, assise sur les premières marches de l'escalier. Je me suis assis à côté d'elle, j'ai posé mon bras sur ses épaules, est-ce qu'elle avait peur, elle aussi ?

Nous avons attendu le camion qui nous suivait avec le contenu de notre appartement. J'avais commandé quelques travaux pour rendre la cuisine, la salle de bains et les pièces du rez-de-chaussée à peu près confortables et j'ai été surpris de voir Hélène s'occuper de tout, indiquer aux hommes qui portaient nos meubles la chambre et l'endroit où les déposer, sans aucune hésitation, nous n'en avions pas parlé, elle y avait réfléchi et décidé seule de leur emplacement et de la destination de chaque pièce.

Je la regardais aller et venir, je la voyais sourire, de nouveau elle était légère et moi brusquement délivré d'un poids familier, un peu désemparé, c'est dans ces moments-là que je sentais ma fatigue, délivré du poids d'Hélène, de son corps fin, si lourd entre mes bras quand elle allait mal, comme un corps profondément endormi ou évanoui, ou celui d'un grand malade qu'il faut déplacer et qui s'abandonne, sans plus de force pour vous aider, et alors me revenait à l'esprit le souvenir de mon père pendant les derniers temps de sa maladie et de l'avoir vu, amaigri pourtant, desséché, s'appesantir, donner l'impression de s'enfoncer à chaque heure davantage dans le creux de son lit. Et je savais qu'un jour je retrouverais Hélène couchée, comme lui, le visage enfoncé dans l'oreiller, qu'elle refuserait de se lever, de parler, de manger, recluse de nouveau dans son indifférence, quelque chose, à l'intérieur de son corps ou de son âme, de nouveau enrayé, un mécanisme détraqué, et le remettre en marche, il me semblait, peut-être à cause de notre lassitude, que cela devenait à chaque fois plus difficile.

Oui, je savais que cela ne durerait pas, mais je voulais profiter de ce répit, ou est-ce que je me prenais déjà à rêver, à croire qu'ici, dans cette maison, tout serait différent, je l'aimais et l'espoir a tôt fait de renaître.

Nous avons commencé par ranger mon bureau, c'est vrai qu'il était plus agréable que celui, exigu et encombré, que je possédais en ville, Hélène avait choisi une pièce spacieuse qui aurait dû être abondamment éclairée par trois hautes fenêtres, si elles n'avaient été voilées par ces épais rideaux d'arbres qu'il faudrait bien un jour se décider à abattre, mais, à chaque fois que je lui en parlais, elle se raidissait sans répondre, devant les fenêtres mes tables et mes ordinateurs, au fond, contre le mur, les étagères où nous avons classé mes livres et mes dossiers, je me suis remis au travail, je ne pouvais abandonner mes clients plus longtemps, les jours ont passé, très vite j'ai oublié l'animosité que j'avais éprouvée au début pour cette invraisemblable maison que nous n'habiterions jamais en entier, je ressentais seulement quelquefois, quand je levais les yeux, une légère appréhension, à cause du remuement incessant des branches derrière les vitres, je crois, comme une respiration lente encore, mais désordonnée et trop proche, et je pensais que l'automne finissait, je redoutais leurs halètements dans les longues nuits de l'hiver, le souffle oppressé des arbres tourmentés par le vent.

Je me rassurais en écoutant les pas d'Hélène.

Après mon bureau, elle s'est occupée de notre chambre. Elle a vidé les cartons du déménagement, rangé le linge et nos vêtements dans les armoires. Et quand je venais la rejoindre, tard parfois, et qu'elle dormait déjà, je ne la trouvais pas recroquevillée, la tête sous les couvertures, et à chaque fois je me demandais si elle respirait encore, mais détendue, tournée de mon côté, et je tendais la main, j'aimais sentir se succéder sous mes doigts les courbes de son corps mince, mais jamais anguleux, attiédi par le sommeil, je l'effleurais, je m'en approchais, je finissais par le serrer contre moi, à demi endormi, soulagé qu'il ne se rétracte pas, qu'il ne se retire pas le plus loin possible de mon corps déçu.

Et puis il y a eu le salon, d'abord un peu vide, même si nous n'occupions que quelques pièces, le contenu de notre appartement ne suffisait pas à les remplir, où nous avons ensuite traîné de lourds matelas qu'Hélène avait découverts dans le grenier, incroyablement encombré, de combien de générations de propriétaires, qui les avaient abandonnés derrière eux en partant, en mourant, ces objets étaient-ils les traces, je pensais, le cœur serré, qu'un jour s'y ajouteraient les nôtres, les objets qu'Hélène avait aimés, à moins que nous ne prenions la décision de fuir avant qu'il ne soit trop tard, quand elle m'a appelé pour me montrer, dans un coin, une pile de tissus poussiéreux, des rideaux, de quoi garnir toutes les fenêtres de la maison, fenêtres qui, je le lui ai rappelé, étaient déjà bien assez obscurcies par les arbres, mais elle ne m'écoutait pas, elle en a déplié quelques-uns, elle les a examinés, d'épais tissus aux teintes passées, et nous sommes redescendus en silence.

Ensuite je me souviens qu'elle a passé beaucoup de temps là-haut à trier les rideaux et puis dans la buanderie à les laver et à les faire sécher. Elle en a enveloppé les matelas, elle en a tendu quelques-uns sur les murs, je l'ai aidée à en accrocher d'autres aux fenêtres du rez-de-chaussée, même là où nous n'allions jamais, pour nous protéger des courants d'air, disait-elle, et sans doute avait-elle raison, le froid, en cette fin d'automne, s'insinuait chez nous de partout, mais ces plis, ces sombres velours étouffaient encore la lumière et les quelques bruits qui nous parvenaient des champs et du village et j'avais l'impression que se refermait peu à peu sur nous, chaque fente soigneusement calfeutrée, le cocon dans lequel nos gestes étaient destinés à s'amoindrir et nos pensées à s'engourdir, où, dans l'obscurité et les gémissements lointains de l'hiver, nous allions peu à peu nous retirer du monde et de nous-mêmes, pour renaître peut-être, mais étrangers à ce que nous avions été, tout souvenir éteint.

Hélène allait bien, elle était gaie, je me suis persuadé facilement, je crois, qu'en tendant partout ces étoffes elle n'éprouvait que le besoin de compenser la froideur de cette vieille maison, le manque d'intimité de ces pièces aux plafonds trop hauts, aux fenêtres sévèrement grillagées de petits carreaux.

Pourtant il y avait aussi cette pièce étroite qui, aux habitants d'autrefois, ne devait servir que de réduit avec son unique fenêtre, où elle avait rangé sa table, ses livres et son lit d'avant notre rencontre, dont elle avait toujours refusé de se séparer et qu'elle utilisait quand elle ne supportait plus du tout ma présence.

J'étais inquiet quand elle y passait trop de temps, sous n'importe quel prétexte j'allais frapper à sa porte, je lui demandais d'ouvrir, de venir, je n'étais rassuré qu'en entendant le son de sa voix.

Là aussi elle a suspendu des rideaux de velours et, entre leurs plis, je vois se tordre les mains noueuses des arbres, nus maintenant, sauvages et solidaires et, derrière eux, proche, de ce côté-ci, de la maison, je vois le mur et derrière lui coule la rivière.

Cette petite pièce était une menace. Quand je m'y trouvais, le moins souvent possible, je sentais plus qu'ailleurs, je ne sais pourquoi, à quel point nous étions seuls dans cette maison trop grande, à cause de la proximité du mur, peut-être, du poids de ses pierres frôlées par l'eau de la rivière, à cause de la rivière, de sa présence invisible, fiévreuse au pied du mur, de sa voix, impossible à ignorer d'ici, sa voix de soie blanche, de sirène.

Mais ce n'étaient que de brefs moments d'angoisse, dès que je retrouvais notre chambre, le corps souple d'Hélène, je me sentais rassuré, étrangement insouciant.

Et puis il y a eu ces coussins, découpés dans les rideaux qu'elle n'avait pas encore employés, qui se sont accumulés sur les matelas du salon, sur le divan et les fauteuils. À chaque fois que je m'absentais pour mon travail, elle me chargeait de lui rapporter de la bourre et je la retrouvais en rentrant penchée, dans un étroit cercle de lumière, sur sa machine à coudre, j'aurais voulu qu'elle se repose, elle avait l'air fatiguée, les cernes, sous ses yeux, grandissaient, mais les réserves de tissu du grenier semblaient inépuisables.

Un jour, je me suis aperçu qu'au milieu de l'après-midi il faisait déjà sombre. Une fois de plus je me suis demandé comment nous passerions l'hiver ici. Derrière les vitres brouillées par la pluie, l'ébrouement monotone des arbres dans le vent, la nuit longtemps collée à nos fenêtres, comment le supporterait-elle ? Et brusquement j'ai pris conscience que, ce qui m'avait arraché à mon travail, ce n'était pas l'obscurité mais le silence, je me suis levé, qui durait depuis quand, ni bruit de pas ni ronronnement de machine à coudre, au rez-de-chaussée elle ne se trouvait dans aucune des pièces que nous habitions ni dans les autres, avant de monter, j'ai regardé par la fenêtre, je l'ai cherchée dans les ombres accumulées du parc, assise sur un banc, au pied d'un arbre, en train d'arpenter l'allée. Et j'ai repensé à ces jours de mon enfance où, pendant des mois, j'ai attendu le retour de mon chat disparu, où chaque soir, bien après avoir perdu tout espoir, j'ai gardé l'habitude de fouiller longuement notre rue du regard et souvent j'ai cru le reconnaître, blotti sur la marche d'un perron ou dans l'encoignure d'une porte et je descendais en courant, mais ce n'était qu'un objet oublié ou son ombre, je ne l'ai jamais revu. Et j'ai eu soudain la certitude que d'Hélène aussi il ne me resterait bientôt plus que cette inutile manie de me tenir à la fenêtre pour tenter de découvrir, dans les ombres imbriquées du parc, la sienne que je pourrais aller détacher et remettre à sa place dans le puzzle sans elle incomplet de ma vie.

J'ai entendu son pas dans l'escalier, elle descendait du grenier, sans doute avec de nouveaux rideaux à découper, mais non, elle avait les mains vides, je n'ai pas osé lui poser de questions, soulagé qu'elle me sourie et passe devant la porte de la petite chambre sans s'arrêter.

Le lendemain, je me suis réveillé tôt, Hélène dormait encore. Et j'ai eu tout à coup envie de voir de près la rivière. Jusqu'alors je n'avais fait que l'apercevoir distraitement en traversant le pont au volant de ma voiture. D'ici, du rez-de-chaussée où nous vivions, elle était entièrement masquée par le mur, mais sa voix était intimement mêlée à mes jours, plus proche encore la nuit quand je cherchais le sommeil, et dès qu'il m'abandonnait, c'est elle que je retrouvais la première et probablement s'introduisait-elle aussi dans mes rêves. Je me suis levé sans bruit. Hélène n'a pas bougé, sa respiration était régulière. Je serais de retour avant son réveil. Je savais qu'il me suffirait de traverser, derrière la maison, le pré et le bois, de pousser la petite porte de fer, elle coulait là, à quelques pas.

Je me suis assis sur la berge. Depuis quelques jours, il ne pleuvait plus, le sol était sec, même le vent s'était calmé. J'ai été surpris de la découvrir si sombre et emportée, à sa surface un bouillonnement argenté, mais au-dessous, d'un vert opaque, un flot violent, un courant continu et pressé, à l'entendre je l'avais imaginée plus nonchalante, ses rives creusées d'échancrures où elle se serait attardée, étirée en nappes transparentes, en fines rides sur un lit de cailloux mouchetés, mais elle fuyait entre les arbres, fuyait le mur et le chemin qui la bordait de l'autre côté, à chaque instant se répétaient notre rencontre et sa fuite, sa présence et son abandon et augmentait le poids de la solitude à laquelle sans cesse elle me renvoyait.

Et j'ai cru tout à coup entendre un bruit derrière moi, un léger bruit métallique, celui d'une clé qu'on tourne, le claquement d'un pêne, je me suis levé, convaincu que quelqu'un venait de fermer la porte du parc, ce ne pouvait être qu'Hélène, qu'avait-elle l'intention de faire et comment l'en empêcher, combien de temps me faudrait-il pour atteindre la grille à travers la forêt et ses épais fourrés, j'aurais dû me hâter, elle seule à l'intérieur et moi ici, dans le petit matin dévasté de l'automne, mais j'étais désemparé, le corps lourd, qui refuse de vous obéir, comme dans ces rêves où l'on s'efforce en vain d'échapper à un danger, j'ai reculé, je me suis éloigné lentement de la rive, ma main tremblait sur la poignée de la porte qui s'est ouverte bien sûr, d'ailleurs je crois que nous n'en possédons pas la clé, et j'ai couru jusqu'à la maison, dans notre chambre, où j'ai trouvé Hélène endormie.

Et c'est quelques jours ou quelques semaines plus tard, le temps, en cette fin d'automne, coulait aussi pressé, uniforme que la rivière entre ses berges, que, de nouveau, j'ai été tiré de mon travail par le silence. La cuisine était vide, Hélène ne se trouvait ni dans le salon, ni dans notre chambre, ni dans celles inoccupées du rez-de-chaussée. Inutile de scruter le parc plongé dans la nuit et, cette fois-ci, aucun pas rassurant dans l'escalier, c'est moi qui l'ai emprunté, qui ai traversé, en tâtonnant dans l'obscurité, les pièces en enfilade du premier étage et c'est dans la dernière que je l'ai trouvée, assise par terre, le dos au mur, dans le cercle de la tour, souvent nous nous étions demandé qui l'avait fait construire et pourquoi seule, pourquoi ne pas lui avoir donné son pendant de l'autre côté d'une façade par ailleurs si régulière.

Elle était là, les bras noués autour de ses jambes repliées, la tête sur les genoux, je l'ai appelée doucement, elle a tourné vers moi ses yeux des mauvais jours, je l'ai emmenée, guidée à travers les pièces vides, soutenue dans l'escalier. Dans notre chambre, j'ai allumé les lampes, elle s'est couchée tout habillée, elle a disparu sous le duvet et les couvertures.

Et que faire pour toi maintenant, sinon t'aider à te déshabiller pour que tu sois plus à l'aise et te laisser dormir. Plus tard me glisser dans notre lit, mais loin de toi, pour ne pas te déranger, il est grand, heureusement, nous pouvons y cohabiter sans nous toucher. Et rester allongé à tes côtés sans trouver le sommeil, en me répétant que le temps qui nous était accordé est épuisé, en me reprochant de ne pas avoir su mieux en profiter.

Chaque soir, j'attends ton réveil.

Le vent est tombé d'un coup, pour une fois les arbres se taisent, leurs branches attentives, appuyées aux vitres. Pourtant je n'entends pas ton souffle, trop léger, étouffé par l'oreiller dans lequel tu as enfoncé ton visage, dans ces moments-là tu dors comme on se protège du désir d'un sommeil encore plus profond, plus rien ne bouge que la rivière, sa voix seule se fraie un chemin à travers les rangs serrés du silence déployé autour de nous dans la nuit.

Chaque soir, en attendant ton réveil, je te parle, écoute-moi, je sais maintenant pourquoi tu as voulu cette maison : pour ses multiples remparts, les enceintes successives, dressées autour de nous, des pièces vides, des arbres et du mur, de l'extérieur ne nous parviennent quelquefois que d'inoffensives rumeurs, ici nous sommes à l'abri, hors d'atteinte, il suffit de ne plus sortir, de nous y retrancher tant que nous pourrons tenir et si nous ne le pouvons plus, pour nous échapper nous utiliserons la petite porte de fer.

Tu as bien choisi. C'était la seule solution. Demain je débrancherai les ordinateurs et les téléphones, nous avons des provisions, écoute-moi, regarde-moi, mais pas avec ces yeux-là, il nous faut profiter de nos derniers jours, ensuite tu partageras avec moi une poignée de tes pilules bleues, j'ai vu la rivière l'autre jour, je ne te l'ai pas dit, tu la connais mieux que moi, elle est profonde, son courant régulier et puissant, quand nous y descendrons, nous dormirons déjà, nous nous y coucherons comme dans un rêve, je te tiendrai serrée entre mes bras, elle prendra soin de nous, elle nous débarrassera de nos vêtements de tissu, de peau et de chair, elle guérira tes blessures et la douleur que j'éprouve de ne pouvoir te venir en aide, tu avais raison, elle est la seule issue, le passage secret qui nous permettra de fuir, le moment venu, en attendant laisse ta main dans la mienne tant qu'elle est encore chaude, ta main froide pour que je la réchauffe, tu vois, de nouveau le vent se lève, les branches remuent faiblement, on dirait des algues qui flottent dans la nuit ou les pulsations lentes de bêtes sous-marines.

Chaque soir je te parle, mais tu ne réponds pas, des mots chuchotés et puis alignés sur l'écran de mon ordinateur et qu'en faire maintenant, les sauvegarder et quel titre leur donner, les effacer, d'une légère pression du doigt sur la souris les effacer, puisqu'ils ne sont pas vrais, que cette histoire n'est pas la nôtre.

Et demain, sur l'écran de nouveau blanc, recommencer, dire que cette nuit-là je t'ai regardée dormir, que le lendemain je t'ai emmenée chez ton médecin et que nous sommes revenus ici, que j'ai veillé à ce que tu prennes tes médicaments, ni trop ni trop peu. Que tu semblais aller mieux, mais qu'un jour je t'ai appelée et que tu n'as pas répondu, la maison vide, le parc aussi, la porte du mur nord restée grande ouverte.

Dire que je suis seul. Et que souvent je repense à cette impression que j'ai eue, en arrivant ici, que nous nous étions enfermés dans un cocon. Mais à toi seule te sont poussées des ailes. Tu les as ouvertes sur le dos glacé de la rivière. Sans m'attendre, sans attendre que s'achève ma propre métamorphose.

Mais cette fin non plus n'est pas la bonne ou elle ne l'est que provisoirement.

Ou alors dire que chaque matin je me promets de partir et que chaque soir je monte à la tour. J'examine longuement les ombres enchevêtrées du parc, un jour, je le sais, j'y reconnaîtrai la tienne, je la détacherai des autres, je la remettrai à sa place.

Choisir cette fin-là ou en essayer une autre, de la justesse de la fin dépend celle du début, des mots me manquent, il me faut les trouver, et ceux qui, insidieusement, se sont glissés dans mon récit pour en dévier le cours, il me faut les découvrir et les supprimer. Il suffit sans doute de peu de chose, les mots qui conviennent disposés en bon ordre, pour que l'histoire cesse de se dérober, de s'égarer, qu'elle se déroule sans heurts jusqu'à la conclusion qui doit être la sienne, qui s'écrira d'elle-même, évidente, et ce sera notre histoire à laquelle je ne pourrai plus rien retrancher ni ajouter, de la justesse du début dépend celle de la fin et sa fin sera la mienne, aux mots vrais on ne peut se soustraire.

Maintenant je travaille dans ta chambre, je dors dans ton lit, tout près de la rivière. Chaque soir, en espérant le sommeil, j'écoute son murmure, je l'écoute me dire encore ce que, dès le début, elle me répète sans impatience.

VII

À PROPOS de livres, je me souviens d'en avoir un jour volé un. C'était mon premier vol. Oublier de rendre un objet que l'on m'avait prêté, peut-être, mais m'emparer de quelque chose qui ne m'appartenait pas, ne pas pouvoir résister au désir de le posséder, c'était la première et sans doute la dernière fois.

Une semaine auparavant, j'avais pris l'avion pour une ville du Nord, située dans un pays que je ne connaissais pas. Vous comprenez, j'habite une région de montagnes, chez moi l'hiver empiète largement sur le printemps et l'automne, les étés sont brefs et pluvieux, c'est pourquoi, dès le début des vacances, je prends invariablement la direction du Sud. J'ai besoin, pour quelque temps, de ciels immuablement bleus, j'ai besoin de soleil et que sa chaleur se prolonge jusque tard dans la nuit.

Mais alors il s'agissait de mon travail, je n'avais pas le choix. J'ai passé la semaine à régler mes affaires. Et chaque soir, empêché de dormir par la persistance inhabituelle du jour, j'allais me promener au bord de la mer. Je me souviens que je marchais vite et longtemps, je ne m'arrêtais que quand je me sentais suffisamment à l'écart, dans un endroit d'où je pouvais voir le ciel et l'eau unis dans cette étrange lumière qui me rappelait un peu les paysages enneigés de chez moi quand ils semblent éclairés du dedans par la lune, mais en plus sourd, plus oppressant, peut-être à cause des vagues, de leur déferlement obstiné, qui semblait n'obéir à aucun rythme, oui, de l'impression qu'elles me donnaient d'un vaste désordre, d'une agitation vaine et désespérée, tandis qu'un champ de neige est si calme, et je rentrais à mon hôtel, de nouveau à grands pas, pour apaiser je ne sais quelle inquiétude.

Une fois mon travail achevé, j'ai pensé que j'allais quitter ce pays, où je ne reviendrais probablement plus, sans le connaître, qu'il me fallait au moins visiter la ville et ses environs. J'ai cherché à louer une voiture, découvert que je pouvais tout aussi bien la rendre ailleurs et même dans une ville située non loin de chez moi et, sans réfléchir, j'ai pris la décision de rentrer par la route.

Je disposais de peu de temps. J'ai parcouru sans m'arrêter de longues distances, en m'éloignant le moins possible de la côte, en m'en rapprochant chaque soir pour trouver à me loger au bord de la mer.

Ce n'est qu'après avoir franchi la dernière frontière, au moment de bifurquer vers le sud, que j'ai senti ma fatigue, et sans doute est-ce à cause d'elle que la vague inquiétude que je ne cessais de fuir depuis des jours s'est brusquement nouée dans ma poitrine en une douleur surprenante, et aujourd'hui encore, malgré la longue habitude que j'ai d'elle, je manque de mots pour la décrire, un mélange de souffrance physique nullement intolérable, mais sournoise, têtue, et de désarroi, celui que peut ressentir, j'imagine, un poisson tiré de l'eau et jeté un instant sur la grève.

Je n'étais en état ni de poursuivre ma route ni de chercher un hôtel. Je me suis souvenu que des amis habitaient un peu à l'écart d'une ville que j'aurais dû traverser dans les embouteillages de la fin de l'après-midi. J'ai frappé à leur porte et le faire sans les avoir prévenus était contraire à mes habitudes, mais je n'étais pas accoutumé non plus à éprouver un tel malaise, d'ailleurs, malgré leur surprise, ils m'ont bien accueilli.

Voilà les circonstances qui m'ont amené à voler ce livre.

Leur maison en était pleine, ils couvraient des murs entiers, dans le vestibule déjà, au salon et à la salle à manger où se sont prolongés notre repas et une conversation chaleureuse, sans que se dissipent pourtant cette douleur, à laquelle j'étais incapable de donner un nom, et la crainte de me retrouver seul avec elle et c'est pourquoi, malgré ma fatigue et la longue route qui me restait à faire le lendemain, j'ai accepté qu'ils remplissent encore de nombreuses fois mon verre.

Je ne sais qui d'eux ou de moi a parlé des livres en premier. Ils m'ont appris que la maison appartenait à la famille depuis très longtemps et que jamais personne ne s'était résolu à se débarrasser de ceux acquis par les générations précédentes, même si quelquefois devenait pesante la vue de tous ces volumes poussiéreux.

Dans ma chambre aussi des bibliothèques encadraient les fenêtres et le lit. Elles contenaient de vieux livres. J'en ai feuilleté quelques-uns distraitement. L'un d'eux s'est ouvert de lui-même à une page où figurait une illustration qui représentait un couple, elle étendue sur une chaise longue, lui assis à une table, tourné vers elle. C'était un livre de grandeur moyenne, à la reliure de cuir, au papier épais, taché par l'humidité. En revenant en arrière, j'ai trouvé une autre illustration, une maison au fond d'un parc, en partie cachée par des arbres.

La nuit était très avancée. Je n'entendais plus mes hôtes, ils étaient allés se coucher. Un long voyage m'attendait, de nouveau une journée sur les routes. J'ai refermé le livre à regret, je l'ai remis à sa place. Ces illustrations me plaisaient. Elles me rappelaient quelque chose, un souvenir très lointain, le souvenir d'un tableau, d'une lecture, tellement imprécis, peut-être ne s'agissait-il après tout que du souvenir d'un rêve.

À mon tour, je me suis couché. J'ai éteint la lumière. Je me sentais mieux, pourtant je n'ai pas pu m'endormir, j'avais trop bu, trop mangé, l'heure du sommeil était passée. J'ai pensé que lire m'aiderait à m'assoupir. Je me suis levé aussitôt, heureux, je crois, d'avoir un prétexte pour reprendre le livre dont je venais de me séparer. J'ai eu un peu de peine à le retrouver. Je l'ai emporté dans mon lit, je me suis installé confortablement et j'ai commencé ma lecture. Mais les débuts étaient lents, le style ennuyeux, je n'ai pas eu le courage de poursuivre. J'ai refermé le livre, je l'ai posé sur la tranche, j'ai écarté les mains, je savais qu'il s'ouvrirait à la bonne place, là où sans doute il était resté longtemps oublié sur une table, celle de la gravure, du couple dans son jardin, l'homme assis, les doigts croisés, tendu vers la femme dont on ne voyait que le visage, son corps était entièrement dissimulé par les plis d'une couverture, un visage, tourné vers le regard de l'homme mais les yeux clos, très pâle et silencieux.

J'ai approché le livre de la lampe. Vous savez, cette gravure est vraiment magnifique, j'aimerais pouvoir vous la décrire, des lignes dépouillées, très pures, un trait ferme et nerveux, et tout autour du couple les masses sombres des arbres, déployées, des hachures amples, profondément superposées, imbriquées, de lourds feuillages immobiles s'ils n'étaient parcourus par un très léger frémissement de lumière qui provient d'un endroit, au centre, à côté de la femme, où le papier a été laissé entièrement blanc et ce vide, au cœur du dessin, donne curieusement l'impression d'être une ombre, l'ombre d'un troisième personnage invisible, d'une présence lumineuse penchée sur la femme et qui l'éclaire, qui éclaire encore mais plus faiblement les mains croisées de l'homme et son visage, et une dernière lueur se glisse entre les arbres, se fraie un passage dans l'épaisseur des feuilles où elle se ranime brièvement avant de s'éteindre. Et c'est elle peut-être, penchée sur la femme, que l'homme dévisage, elle qui, dans une autre gravure, rôde derrière les fenêtres, écarte un rideau, il est dessiné au moment où sa main le lâche, l'étoffe encore un instant ramassée en plis serrés, mais que l'on sent sur le point de se détendre, de reprendre sa place et son immobilité.

Oui, vous avez raison, j'avais les nerfs noués par l'insomnie, la fatigue de la route et cette inquiétude qui me poursuivait depuis des jours. Par la crainte aussi que ne se réveille une douleur si inhabituelle que je ne savais comment m'en défaire, d'autant plus que je n'en saisissais pas du tout les raisons. Vous pensez qu'en d'autres circonstances je n'aurais prêté à ces gravures aucune attention. Mais vous ne pouvez en décider sans les avoir vues.

Bien sûr, j'ai cherché le nom de leur auteur. Il m'était inconnu, à vous aussi ? comme celui de l'écrivain d'ailleurs. Le livre avait été publié au début du siècle passé. À côté de la date figurait le nom de l'imprimeur, au-dessus celui du libraire, tous les deux établis dans une ville de province que je connaissais mal pour l'avoir traversée sans m'y être arrêté lors de précédents voyages. Peut-être s'agissait-il de l'œuvre d'un écrivain et d'un peintre de la région et cette maison, dressée dans un parc entouré d'un haut mur, représentée sur la première gravure, existait-elle encore ?

Je l'ai cherchée longtemps, vous savez. Une façade grise, des fenêtres à petits carreaux, dans l'angle gauche une tourelle en surplomb. Dessinée de loin, de l'extérieur du parc, à travers la grille, derrière elle une allée, bordée de bosquets soigneusement taillés, qui s'en va de biais rejoindre l'angle de la maison décalée vers la droite et le fond du parc. Sur l'allée, les ombres allongées des bosquets, le soleil est bas, ses derniers rayons éclairent paisiblement la façade encadrée d'un côté par le feuillage de quelques grands arbres, de l'autre par celui d'un petit bois aux troncs serrés, poussés devant le mur. Au premier plan la grille, sa poignée légèrement abaissée, de nouveau ce dessin me plaisait, intimement, comme s'il évoquait un lieu familier ou qui aurait dû l'être, qui l'était, mais par une affinité plus profonde, d'autres liens que ceux de la mémoire.

Il y avait encore une gravure, la dernière, je l'ai trouvée à la fin du livre. Le peintre s'est installé sur la berge d'une rivière pour dessiner le mur. En face, un de ses côtés court le long de la rive, l'autre va se perdre dans un bois. Au-dessus, la maison, le toit, le haut des fenêtres du dernier étage, la cime des arbres. En dessous, la rivière, dessinée à larges traits, son eau que l'on devine profonde et rapide, enjambée par l'unique arche d'un pont. Le sujet de ce dessin, c'est le mur, il traverse toute la page, en occupe plus du tiers, ou peut-être est-ce plutôt cet étroit passage qu'on y a ménagé, cette petite porte de fer restée entrouverte et le sentier qui la relie au bord de la rivière.

Le titre du livre ? Il est un peu pompeux : « En sa dernière demeure ». Non, ce n'est pas lui qui a influencé le regard que j'ai porté sur les gravures. Quand le livre s'est ouvert sur le dessin du couple, je ne le connaissais pas encore, ce sont les gravures au contraire qui m'ont donné l'envie de le connaître et c'est à cause d'elles que j'ai décidé, à ce moment-là, de reprendre ma lecture.

Quand je me suis réveillé, il faisait jour, le livre était ouvert sur les draps, la lampe de chevet allumée. Mon trouble était passé. Il ne me restait plus de cette nuit d'insomnie, après ce bref instant de sommeil, qu'une grande fatigue, un violent mal de tête et le désir de me retrouver chez moi au plus vite.

J'ai remis le livre à sa place et je suis allé prendre congé de mes hôtes. Ils m'attendaient à la cuisine où ils avaient préparé un copieux petit déjeuner.

Je suis remonté pour boucler ma valise. J'étais seul à l'étage, j'entendais, en bas, un bruit de conversation et de vaisselle qu'on débarrasse. C'est alors que, sans une hésitation, dans un enchaînement de gestes prémédités inconsciemment, j'ai volé le livre. J'ai tendu la main, en le rangeant, je l'avais laissé légèrement dépasser des autres, je l'ai remplacé par un de ceux, à peu près du même format, qui étaient empilés, à plat, au-dessus de la rangée, je l'ai glissé dans ma valise, sous mes vêtements. Un quart d'heure plus tard, je partais le cœur léger, mes hôtes ne s'étaient-ils pas plaints de la présence étouffante de ces livres, dont ils avaient songé bien souvent à se débarrasser sans pouvoir s'y résoudre, celui-là ne leur manquerait pas et sans doute ne s'apercevraient-ils jamais de son absence, d'ailleurs je n'aurais pu faire autrement, j'en avais besoin et il m'appartenait d'une certaine manière puisque c'était vers lui que m'avait conduit mon inquiétude.

J'ai retrouvé mon appartement, ma famille et mon travail. J'ai éludé les questions qui concernaient mon retard, cette surprenante décision de rentrer en voiture. À quoi bon parler du malaise qui s'était emparé de moi en contemplant la mer ? Il avait disparu et probablement n'était-il dû qu'à la fatigue d'une semaine de transactions difficiles, au dépaysement, à l'âge. J'ai même cru un instant que j'allais oublier cet épisode, le vol du livre, le livre lui-même.

Mais l'angoisse est revenue, elle revient aux moments où je m'y attends le moins, et avec elle toujours ce même sentiment d'impuissance. Si je suis seul, je ferme les yeux, je reste immobile, le temps de la reconnaître, d'admettre son retour, de m'habituer à sa présence encombrante. Elle me quitte comme elle est venue, mais incomplètement, à chaque fois elle laisse des traces, des restes qui s'accumulent lentement, elle gagne du terrain.

Oui, j'ai lu le livre en entier, mais je vous l'ai dit, l'histoire est sans intérêt.

Et j'ai cherché à savoir qui était le peintre. J'espérais découvrir d'autres gravures, des tableaux. J'étais curieux de savoir comment il avait vécu, mais je n'ai rien trouvé, aucune mention de lui, de son œuvre. J'ai pensé à demander de l'aide, à me rendre, pour me renseigner, dans la petite ville, mentionnée sur les premières pages, où s'étaient établis le libraire et l'imprimeur, mais je n'ai pu me résoudre à me montrer en possession d'un livre volé ni même à en parler.

Longtemps encore j'ai cherché son nom dans des ouvrages spécialisés, dans des musées où auparavant je n'aurais pas eu l'idée d'entrer, de même que, pendant des années, à chacun de mes voyages, je n'ai pu m'empêcher de m'attarder, de prendre des routes de campagne, de suivre les rivières dans l'espoir, à un détour du chemin, de découvrir le pont, le mur et la maison.

Le temps a passé.

Souvent maintenant je me réveille avant l'aube. Je me lève, je sors le livre de sa cachette, je l'ouvre, je sais qu'à ces heures-là je ne serai pas dérangé.

Bien sûr, il reste lié au souvenir de cette nuit chez mes amis, lié aussi à cette inquiétude, née au bord de la mer, qui ne m'a plus quitté.

Mais il est bien plus que cela. À cause des gravures. De leur beauté blessante et sereine. Dans la lumière encore grise, dans le trouble chant des oiseaux, je les regarde et, à chaque fois, de nouveau, j'ai l'impression qu'elles m'attendent, qu'elles attendent d'être reconnues, je me penche sur elles comme sur un très lointain, léger souvenir qui, au fur et à mesure que je vieillis, se confondrait avec une promesse tout aussi légère et ténue, comme s'il était, comprenez-vous, tourné vers l'avenir, le souvenir d'un événement qu'il me resterait à vivre encore.

Je sais que je reverrai la maison. La grille s'ouvrira devant moi, je monterai l'allée, je m'étendrai sur la chaise longue. J'aurai froid, je serai content d'avoir la couverture pour me couvrir. Je verrai une main soulever le rideau, un visage, flou d'abord, se préciser derrière la vitre, ou je ne verrai que son sourire.

La maison dessinée par le peintre est la sienne, il devait être tout près de la connaître, elle a guidé sa main, elle est l'éternelle demeure de celle qui assiste à notre naissance, se retire ensuite, nous accorde un peu de temps, qui quelquefois nous effleure, par jeu, peut-être, ou pour nous habituer peu à peu à sa présence, à notre inévitable rencontre.

Elle laissera retomber le rideau, les plis reprendront leur place, elle descendra l'escalier, les marches du perron, je la sentirai s'approcher, se pencher sur moi.

Alors je me lèverai. Est-ce qu'elle me donnera la main, est-ce qu'elle m'aidera ou est-ce que je serai seul déjà dans la nuit qui vient, aveugle, à tâtonner le long du mur, à chercher la petite porte qui me conduira jusqu'à la rivière, jusqu'à ses rêves glacés, et son eau, l'eau de l'oubli, vous savez, effacera dans mes yeux les dernières images, les visages de ceux que j'ai aimés, ôtera de ma bouche les mots d'avant et ceux que j'aurais voulu dire encore et comment croire que pour moi ils n'existeront plus, qu'ils n'auront, pour moi, jamais plus aucun sens ?

VIII

ENSUITE j'ai passé quelques jours dans cette maison. Seul, oui, et comment je me suis trouvé là, je l'ignore. Souvent j'ai essayé de renouer le fil, nous marchions, nous avons entendu le bruit des avions, je me suis mis à courir, c'était comme ça, vous savez, aussi loin qu'alors étaient encore capables de remonter nos souvenirs, la marche, la fatigue, comme si le temps d'avant n'avait été qu'un rêve, peut-être même le rêve qu'un autre aurait fait, la fatigue, le bruit, la fuite pesante, chaotique, depuis si longtemps, la bouche dans la terre, le sifflement des bombes, les bras croisés sur la tête comme si cela pouvait nous protéger, le vacarme et le silence et tout à coup cette impression, comment dire, le temps qui se distend, se boursoufle, forme une poche flasque dans laquelle nous nous enroulons, nous nous berçons, comme de vieux fœtus fatigués qui n'auraient plus la force de revenir au monde, qui n'auraient que le désir de ne plus en sortir, ne plus être chassés, rejetés sur les routes, avec, derrière nous, des villages en ruine et partout ce vide dans les yeux des morts, mais, ce jour-là, je ne me souviens que d'une rivière, des restes d'un pont, je ne crois pas avoir cherché à me relever, j'ai ouvert et bien plus tard refermé les yeux sur cette image de l'eau qui, dans un mouvement léger, insouciant, presque joyeux, avec une tranquille allégresse, s'échappait de l'arche à demi détruite d'un pont.

Quand je me suis réveillé, j'étais allongé contre le mur d'une pièce étroite, entièrement nue, en face d'une fenêtre aux volets clos entre les jours desquels filtrait une lumière grise d'aube ou de crépuscule. J'ai essayé de bouger, de remuer les bras et les jambes, mais sans y parvenir, gêné comme par le poids d'une très lourde étoffe qu'on aurait jetée sur moi, mais sur moi il n'y avait que mes vêtements et je me suis rendormi en pensant que la mort, ce n'était peut-être que cela, une profonde, invincible torpeur dans la chambre d'une maison inconnue.

Je ne sais combien de temps cela a duré, quelques heures ou quelques jours, j'ouvrais les yeux, il faisait plus ou moins sombre selon l'heure ou l'épaisseur des nuages, je me souviens d'avoir entendu le bruissement régulier de la pluie ou ce n'était qu'un froissement de feuilles dans le vent, je me souviens surtout de mon bien-être, de n'avoir plus éprouvé le besoin ni de bouger ni de chercher à comprendre ce que je faisais là, heureux et épuisé comme un naufragé qui, après une longue lutte, s'est enfin écroulé sur la grève, là où les vagues peuvent encore l'atteindre, mais sans le mettre en danger, et je les sentais s'approcher, s'enfler, me recouvrir, d'épaisses vagues de sommeil et d'oubli et, entre elles, ces brefs instants à découvert, de brusques lueurs de conscience, mais isolées, détachées, aussi inoffensives que les bandes de lumière découpées dans les volets de la fenêtre et qui semblaient flotter devant moi dans la nuit.

Et cela aurait peut-être duré toujours si je n'avais senti un frôlement sur le plancher, si je n'avais perçu, eu l'intuition plutôt, tant ils étaient ténus, d'une présence, d'un souffle à mon côté et, pour la première fois, j'ai fait l'effort de garder les yeux ouverts et j'ai distingué d'abord une vague luminescence, deux pâles trouées de lumière dans l'obscurité, à ce moment-là il faisait très sombre, et je me souviens d'avoir pensé que c'étaient deux lampes surgies du fond de la nuit pour me guider, pour m'indiquer, si froides et silencieuses, l'entrée du séjour des morts, mais, et je crois que je l'ai regretté, elles m'en ont au contraire pour longtemps encore éloigné.

Ce n'était qu'un chat, vous savez, ce que, dans mon demi-sommeil j'avais pris pour des lampes, c'étaient, bien plus proches, les yeux d'un chat luisant dans l'obscurité, d'un coup je l'ai vu, une chatte plutôt, je n'ai pas pu le vérifier, mais j'en suis presque sûr, qui m'observait, nos regards croisés maintenant et aussitôt, comme satisfaite de m'avoir éveillé, d'un seul mouvement elle s'est levée, détournée, éloignée sans bruit, effacée dans la nuit comme si elle n'avait jamais existé et je me suis rendormi.

Mais, à partir de ce moment-là, j'ai senti que se dissipaient peu à peu les vagues de mon bienheureux sommeil, elles se sont allégées, espacées et, entre chacune d'elles, recroquevillé contre le mur, je tremblais de froid ou de fièvre, j'étais malade, tourmenté par la soif, pourtant je n'avais pas la force de me lever ni aucun désir de guérir.

La chatte est revenue plusieurs fois. Je sentais sa présence, mes yeux s'ouvraient malgré moi, cherchaient les siens. Je tendais vaguement le bras vers elle, j'ai essayé de lui parler, mais aucun mot ne semblait vouloir franchir mes lèvres. Elle apparaissait, s'évanouissait, je rêvais ou délirais, je me souviens de l'impression que j'avais d'être couché dans la rivière, je sentais son eau fraîche couler sur ma nuque, entre mes doigts, mais peu à peu elle tiédissait, changeait de consistance, plus dense, souple et moelleuse, et je m'enfonçais dans l'eau de la rivière comme dans les replis accueillants, les lents et vivants tourbillons d'une épaisse fourrure. La soif est devenue insupportable. J'ai fini par me traîner hors de la chambre, dans le couloir. J'ai poussé plusieurs portes avant de m'arrêter, ébloui, sur le seuil de la cuisine, la seule pièce dont les volets étaient restés ouverts, entièrement vide elle aussi. J'ai bu au robinet. Quand je me suis redressé, par la petite fenêtre placée au-dessus de l'évier, je n'ai aperçu qu'un noir treillis de branches devant un carré de ciel gris, depuis longtemps je n'avais plus le souvenir que d'une succession de jours gris, je crois que mes yeux avaient perdu la faculté de distinguer les couleurs, même le sang me semblait gris, d'un gris plus foncé seulement que celui des vêtements, de la peau. Je me suis recouché à ma place, contre le mur de la petite chambre où je me sentais à l'abri.

Et c'est plus tard seulement, j'allais mieux, j'étais occupé à remplir ma gourde au robinet de la cuisine, que je l'ai vue pour la première fois en plein jour. Une chatte rousse aux yeux verts. Une fourrure d'un roux lumineux, presque orangé, avec des rayures plus foncées. Une chatte rousse et tigrée, assise sur le pas de la porte, les pattes de devant tendues et alignées, la tête un peu penchée, occupée à m'observer tandis que je ne me lassais pas de caresser du regard son pelage, ses moindres nuances qui me rappelaient celles des forêts à l'automne, quand le flamboiement des feuilles commence à s'adoucir, juste avant de fléchir et de s'éteindre sous les pluies froides de novembre, occupée, du seuil, à m'examiner et sans doute voulait-elle savoir qui j'étais, ce que je faisais là, dans son domaine, elle attendait une réponse pendant que je me débattais avec ces couleurs revenues d'un coup, fraîches et luisantes touches de peinture remontées toutes ensemble à la surface d'une toile effacée, les chaudes couleurs d'un passé lointain, mais celles aussi plus proches de la peur, des flammes et du sang, en fins ruisseaux écarlates qui sinuaient, se rassemblaient, grossissaient, montaient entre les blocs gris de ma mémoire, les couleurs aussi des yeux de ceux que j'avais laissés derrière moi, des miens je n'avais plus aucune idée, probablement étaient-ils changés comme le reste, il y avait un miroir dans la salle de bains de la maison duquel, surpris la première fois, j'avais vu surgir mon reflet que j'avais soigneusement évité ensuite, les nuances des yeux, est-ce que vous l'avez remarqué, sont infiniment variées, ceux de la chatte étaient verts, un vert transparent et changeant comme l'eau de la rivière, qui, à partir de la pupille, s'éclaircissait en s'élargissant, un large anneau d'émeraude cerclé d'or, je ne les ai pas oubliés, et il faut croire que, dans les miens, elle avait trouvé la réponse qu'elle cherchait puisque, de nouveau d'un seul mouvement nonchalant et tranquille, elle s'est levée, m'a tourné le dos, s'est éloignée dans le couloir avant de se fondre, sans hâte, dans l'obscurité du hall.

J'avais deux ou trois boîtes de conserve dans mon sac, j'ai mangé un peu. Dès que je l'ai pu, j'ai poussé l'une après l'autre les portes de la maison. Toutes donnaient sur de vastes pièces nues, recueillies, dans la pénombre, sur de fragiles souvenirs, de silencieuses traces de vie, les marques claires des tableaux sur les murs, celles des meubles et des tapis sur les parquets et, sur les seuils comme sur les marches de bois de l'escalier, ce léger fléchissement au centre, l'usure des pas, l'empreinte du temps sur cette maison que j'ai, je crois, aimée plus qu'aucune autre, parce que je lui ressemblais, vide comme elle, peuplé de fantômes, avec, dans ma mémoire, des blancs, des creux, à la place de tout ce que la guerre m'avait ôté.

Les pièces du premier étaient vides, en enfilade, elles aussi. De là-haut, en collant mes yeux aux fentes des volets, j'ai pu me faire une idée de l'endroit où je me trouvais. La maison se dressait dans un parc à la végétation désordonnée, entouré d'un haut mur ouvert, au sud, au bout d'une allée, par une large grille, au nord, là où il était le plus proche de la maison, par une petite porte de fer qui donnait directement sur la rive broussailleuse de la rivière.

De l'autre côté, je voyais une ferme, assez éloignée, et plus loin encore les toits d'un village. Une route sortait du village, passait devant la ferme, en décrivant une large courbe allait rejoindre le pont, ensuite longeait le mur et de nouveau s'incurvait pour prendre, à travers les champs et les bois, une direction à peu près parallèle à celle de la rivière. Et c'est en regardant l'eau couler sous le pont que j'avais perdu conscience. Qui m'a mis à l'abri en me déposant dans l'une des chambres de cette vaste demeure, je ne le saurai jamais. Je n'ai trouvé nulle part trace d'une présence récente, ni vêtements, ni restes de nourriture, ni même, sur le chemin de l'entrée à la petite chambre, un peu de la poussière ou de la terre qu'auraient dû y déposer les souliers de ceux qui m'avaient porté de la rivière jusqu'ici.

Combien de temps je suis resté là-bas, je suis incapable de le dire. J'avais très peu de provisions, mais je n'avais pas faim. Je sentais plusieurs fois par jour la fièvre me reprendre. Je ne pouvais que m'allonger contre le mur, attendre d'aller mieux. Et, entre deux accès de fièvre, je me traînais à l'étage, d'une fenêtre à l'autre. Je cherchais sur la route, dans les champs, la présence d'hommes ou de véhicules qui m'auraient permis de savoir si j'étais entouré d'amis ou d'ennemis, mais il n'y avait personne aux abords du village, personne sur les routes et dans les champs, je n'étais entouré que par le silence, cette étrange paix que rien ne semblait capable de troubler et il m'arrivait, par la fente d'un volet, d'examiner longuement l'eau de la rivière sans réussir à me convaincre qu'elle coulait encore, qu'elle ne s'était pas arrêtée comme le temps. Et je retournais m'étendre dans la petite chambre. Je me souviens d'avoir pensé, en tremblant de froid et de fièvre, que j'étais le seul survivant ou que j'avais perdu la raison ou encore que, étendu sur le bord de la rivière, blessé, j'étais en train de mourir et que la maison, ses pièces vides, la chatte rousse aux yeux verts n'étaient que des images d'autrefois, remontées de mon enfance ou d'une autre vie et s'échappant après toutes les autres, fuyant mon cerveau, ma pensée sur le point de sombrer.

Et maintenant encore il m'arrive de douter, de soupçonner que j'ai imaginé tout cela. Pourtant je garde un souvenir très net du parc, du mur, de la grille au bout de l'allée et de la maison, mais, ce que je ne comprends pas, je la revois aussi de loin, d'entre les barreaux de la grille que je n'ai pas franchie, depuis l'autre côté de la rivière que je n'ai pu traverser puisque le pont était détruit, je la revois comme si j'étais assis sur l'autre rive, devant moi l'eau de la rivière, en face les buissons sur la berge, le mur et la petite porte, ses taches de rouille et au-dessus les tuiles sombres de son toit derrière un rideau d'arbres, un souvenir précis comme une photographie ou un très minutieux dessin.

Ensuite tout se mêle, vous savez, les événements ou la mémoire que j'en garde sont devenus si confus. Je n'avais plus rien à manger, mais cela ne me préoccupait pas. J'étais bien, blotti dans l'un des plis de la grande maison, elle-même enroulée étroitement dans le tissu serré de ses arbres, j'étais décidé à rester là, je crois, jusqu'à ce que l'on me trouve, mort ou vivant, cela ne faisait guère de différence.

Pourtant je suis sorti, j'ai marché longtemps sur le bord de la rivière. Et la chatte, je l'ai revue, oui, plusieurs fois ou une seule. Je me souviens qu'elle marchait dans le couloir, qu'elle frôlait le mur, en silence et légère comme une ombre, et je la suivais. Je l'ai suivie encore dans l'escalier qui conduisait à la cave, je l'avais emprunté un jour, mais là comme ailleurs je n'avais trouvé aucun signe de vie. Nous avons traversé des locaux humides et obscurs, je l'ai vue se glisser dans l'entrebâillement d'une porte, je l'ai ouverte, elle donnait sur l'extérieur, au bas d'une volée de marches hautes et étroites que j'ai montées, étourdi par la fraîcheur de l'air, l'odeur de terre et de feuilles. J'ai débouché dans le parc. Devant moi, à quelques pas, la petite porte de fer. Je l'ai poussée, la chatte avait disparu, un sentier longeait le mur et puis s'en écartait pour se diriger vers la rivière. Je me souviens de son chantonnement ironique et têtu et du craquement des branches mortes sous mes souliers. J'ai avancé jusqu'au bord de l'eau. Je savais que je ne serais plus jamais seul, l'autre, l'étranger que la guerre avait fait naître m'accompagnerait toujours, jetterait son ombre sur mon visage, sur mes gestes et mes pensées, son ombre au travers de la mienne. La rivière fuyait en chantant. Le courant en était calme et puissant. Encore un instant, j'ai hésité, éprouvé le désir de me coucher dans son lit, de sentir passer sur moi ses mains fraîches, qu'elles me lavent, m'effacent, diluent mon ombre en même temps que la sienne, puisque c'était le seul moyen de lui échapper. L'eau était verte comme les yeux de la chatte, souvent je les revois, posés sur moi, aujourd'hui encore elle me demande qui je suis et ce que je fais là et je ne sais que répondre. Mais son regard s'est adouci avec le temps, pensif, un peu voilé maintenant et patient, je ne suis pas beau à voir, mais elle n'a pas peur, pitié, même pas, et je me trompe peut-être en pensant qu'elle m'interroge, peut-être sait-elle tout de moi, tout ce qu'il lui importe de savoir, et je tends la main, lentement, mais jamais je n'aurai pu plonger mes doigts dans sa fourrure, jamais je n'aurai pu y cacher mon visage.

Est-ce vraiment elle qui m'a guidé ce jour-là, a-t-elle pensé que le moment était venu, qu'il était temps pour moi de m'en aller et je l'ai suivie? J'ai attendu, une branche s'est balancée un instant avant de reprendre sa place. C'est tout. Sans doute était-elle partie droit devant elle, sans se retourner, c'était une chatte solitaire, qui se suffisait à elle-même. Alors j'ai continué, d'un pas lourd, j'ai continué. Mais parfois il me semble n'avoir fait, à mon insu, que décrire une large boucle et que, depuis longtemps, de nouveau c'est vers elle que je marche, la maison au milieu du parc, la rivière et le mur, le reflet du mur dans l'eau de la rivière. Et quelquefois, quand je ne dors pas, il me semble qu'un frôlement de fourrure entrouvre pour moi les épaisses cloisons de la nuit, la lourde prison des jours.

IX

J'AI EU tout à coup l'impression que son nom me disait quelque chose et le dessin reproduit sur l'affiche aussi. C'était très vague. J'avais peut-être lu dans un journal un article à son sujet ou seulement rêvé de lui pendant la mauvaise nuit que je venais de passer à l'hôtel, un rêve provoqué par les nombreuses affiches placardées en ville pour annoncer l'exposition et qui était la cause de cette impression que j'avais eue, en me réveillant, de le connaître, alors que, la veille, je les avais vues distraitement, du moins c'est ce que j'avais cru, sans y prêter une véritable attention.

Le musée se trouvait non loin de la gare. J'avais quelques heures à attendre avant le départ de mon train, il faisait froid, c'est pourquoi j'ai décidé d'y entrer, peut-être aussi sous l'impulsion de ce rêve supposé, de cette impression difficile à préciser de familiarité avec le nom, mais surtout avec le dessin de l'affiche, avec ce visage reproduit partout, immense, renversé et les yeux clos, absents plutôt puisque seules étaient dessinées les arcades sourcilières et c'est pourquoi il semblait si dénudé, privé de regard et entièrement livré au nôtre.

À l'intérieur m'attendaient d'autres visages, de femmes souvent, tous cruels ou tourmentés, et ces toiles allongées, la série des « Danseurs » où se tordaient, au milieu de violentes touches de couleurs, d'énigmatiques silhouettes, juxtaposées comme les lettres d'un alphabet inconnu, enfin, dans une petite salle, un peu à l'écart, ces dessins de nature, rares dans son œuvre, je l'ai su plus tard, une rivière, un pont, un village, au crayon, à l'encre de Chine, quelques aquarelles et, au bord de l'eau, représentée plusieurs fois sous des angles différents, une maison solitaire à l'abri d'un haut mur.

Avant de partir, j'ai acheté le catalogue de l'exposition. Dans le train, après un bref coup d'œil aux reproductions, j'ai commencé de lire le chapitre consacré à la vie du peintre, mais j'avais passé une trop mauvaise nuit, je me suis endormi.

Ensuite ? J'ai eu beaucoup à faire, je n'y ai plus pensé. Je crois que j'avais oublié mon voyage et le peintre quand a commencé une période pénible, des ennuis à mon travail, peu importe, où de nouveau, comme cela m'arrive souvent, j'ai souffert d'insomnie et, une de ces nuits où je ne trouvais pas le sommeil, j'ai cherché dans ma bibliothèque un livre pour me distraire et je suis tombé sur le catalogue, les visages, les lettres vivantes, l'écriture indéchiffrée des grandes toiles, et les dessins du village, qui à première vue m'avaient paru si sages, ont alors, sans que je comprenne bien pourquoi, parce que j'avais tout mon temps ou parce que la fatigue, en brisant les habitudes, donne au regard une acuité nouvelle, retenu longuement mon attention et, comme je m'étais assoupi au matin, j'ai rêvé de cette maison solitaire, du mur qui l'entourait et s'ouvrait, du côté de la rivière, par une petite porte de fer que j'essayais de pousser sans y réussir, et je longeais le mur en me prenant aux ronces, mais brusquement, sans savoir comment, je marchais dans le parc, sur une allée barrée, comme par des échelons, d'ombres étroites et régulières, la porte de la maison était entrouverte, de l'intérieur me parvenait un murmure pressant mais indistinct, pourtant, quand je me tenais au pied de l'escalier, dans la pénombre du hall, il n'y avait personne et je montais, la main sur la rampe, je marchais dans un long corridor, derrière chaque porte naissait, au fur et à mesure que j'avançais, et s'éteignait ce même murmure.

Et puis j'ai découvert que ces dessins, que j'avais pris pour des œuvres de jeunesse, avaient tous été réalisés pendant les mois qui avaient précédé sa mort et j'ai décidé d'aller voir cet endroit où s'était achevée sa vie.

J'ai pris quelques jours de congé. J'ai loué une chambre dans un hôtel construit, comme la maison, au bord de l'eau, à quelques kilomètres en amont du village. J'ai avalé un somnifère et j'ai enfin pu dormir dans le chuchotement de la rivière, proche et insistant comme la voix de quelqu'un qui, les lèvres collées à mon oreille, se serait entêté toute la nuit à me reposer la même incompréhensible question.

Le lendemain, je me suis rendu au village. Il n'avait guère changé, du moins en son centre, à sa périphérie il s'était légèrement agrandi. En vérité, il n'y a là qu'une poignée de fermes, traversée par une route aujourd'hui goudronnée, de terre sur les dessins où elle paraissait plus large parce qu'elle était encore dépourvue de trottoirs. Quelques regards méfiants m'ont suivi par-dessus les barrières des jardins alignés devant les maisons et je me suis demandé comment le peintre avait vécu ici, avaient-ils accepté ou seulement toléré sa présence, l'avaient-ils ignoré ou leur arrivait-il de jeter un coup d'œil en passant sur les dessins qui s'obstinaient à représenter leur village, les champs où ils travaillaient tandis que lui, logé et nourri par son oncle dont je venais de reconnaître la ferme au bout de la rue, ne faisait que dessiner, peindre et errer dans les bois ou sur les bords de la rivière ?

J'ai engagé la conversation avec un homme qui sortait de sa grange, avec une vieille femme occupée dans son jardin. L'homme, trop jeune, ne l'avait pas connu, la femme se rappelait une silhouette maigre dans des habits trop grands, un regard qui faisait peur aux enfants, son nom, oui, bien sûr, elle le savait, parce qu'il appartenait à une ancienne famille du village, mais elle ignorait son prénom, ici on ne l'appelait que « le peintre ». Ses tableaux, ses dessins ? Elle avait haussé les épaules, quand il est mort, elle était encore jeune, elle ne se souvenait plus très bien.

Le soir, de retour à l'hôtel, j'ai relu le chapitre consacré à sa vie, une courte biographie, très incomplète, je ne me doutais pas encore qu'on n'en savait guère davantage puisque, son talent redécouvert trop tard, les membres de sa famille, ses amis, tous ceux qui l'avaient connu étaient disparus et qu'il n'avait rien laissé derrière lui, ni journal ni lettres, rien que ses œuvres, celles du début, appréciées, aussitôt dispersées chez des amateurs, celles retrouvées bien plus tard dans le grenier de son oncle, quelques-unes dans les fermes voisines, cadeaux reçus avec indifférence, rangés et oubliés, resurgies tout à coup grâce à la ténacité d'un collectionneur et combien avaient-elles été détruites, combien attendaient-elles encore d'être découvertes dans ce lieu, inconnu de tous, où il avait vécu après la guerre, et qui le resterait peut-être, les condamnant pour toujours à l'oubli ?

*

* *

Le lendemain, je me suis rendu à pied au village en suivant le bord de la rivière. Elle était curieusement changeante, parfois rêveuse, lisse et étalée comme un sombre miroir encore noirci par les reflets des arbres et des nuages, parfois déchirée par de lourds blocs de pierre, divisée autour d'eux en souples ruisseaux transparents, et là où je l'ai quittée, à la hauteur du village, d'un vert opaque et luisant, précipitée dans une fuite dont on ne comprenait pas les raisons.

J'avais emporté le catalogue. J'ai retrouvé les maisons des dessins, plus ou moins transformées, quelques-unes avaient disparu, et l'endroit, devant la ferme de l'oncle, où il s'est tenu debout en avant de la fontaine, un peu voûté, une boîte sous le bras dans laquelle était rangé sans doute son matériel de peintre, et il regarde en dessous celui qui le photographie, c'est la seule image que l'on possède de lui après la guerre, il est long et très maigre, ses habits flottent, il porte de gros souliers, je reviens toujours à son regard, comment le décrire, le comprendre, selon les jours il m'apparaît tout autre, dur, interrogateur ou méfiant, ironique ou désespéré, certains supposent qu'il a souffert de troubles mentaux dus à la guerre ou révélés par elle, qu'en sait-on, tous ceux qui l'ont connu sont morts, l'oncle et son fils, sauf quelques vieux d'ici, mais ils n'étaient alors que des enfants et, quand ils se souviennent de lui, ils parlent d'un homme qui se tenait à l'écart, un taciturne, un rôdeur, mais qui n'a jamais véritablement troublé la paix du village.

Bien sûr, il y a tous ces visages, ces figures grimaçantes, prises dans les plis lourds, désordonnés, les tourbillons d'une chevelure envahissante, ces yeux exorbités ou, comme sur l'affiche, absents, et ces lèvres épaisses, tantôt étirées en sourires narquois, tantôt tordues, dents découvertes, dans des rires cinglants. Et la série des « Danseurs », sur des couleurs violentes une frise interminable de silhouettes noires, debout ou accroupies, bras ouverts, dressés, doigts écartés dans un geste d'effroi, d'imploration ou dans le paroxysme d'un étrange plaisir, une danse au milieu des incendies, dans la lueur des flammes, sur les ruines, de vaincus ou de vainqueurs, dans le désespoir ou l'ivresse des massacres, la joie infinie des recommencements. Et, après l'angoisse et la dérision des visages et des « Danseurs », les dessins du village où je me trouvais, assis sur un banc, sur une petite place, et la femme venait de disparaître qui, depuis un moment, m'observait du pas de sa porte, tous réalisés pendant les derniers mois de sa vie, la représentation en apparence tranquille et minutieuse des maisons, des bords de la rivière et des champs, j'avais le catalogue sur mes genoux, des lignes claires, pas de hachures et partout cette lumière, un soleil de plomb, mais le printemps avait été anormalement pluvieux cette année-là, une froide lumière de clair de lune, mais trop éclatante, il n'y avait pas d'ombres, les lignes vacillaient, se brisaient, brusquement englouties, ce n'était pas visible au premier abord, l'œil suppléait aux manques, et, de ce monde sur le point de s'effacer, émergeait tout à coup un objet curieusement épargné, fermement décrit avec tous ses détails, un arrosoir, un balai appuyé à un mur, une chemise suspendue à une corde, d'une netteté tranchante au milieu de toutes ces lignes en suspens et personne pour le saisir, s'en servir, aucun être vivant, pas de bétail dans les champs, ni chat ni chien dans les rues ni même un oiseau dans le ciel et peut-être étais-je là depuis longtemps, de nouveau la femme me regardait, immobile devant sa porte, peut-être étais-je en train de perdre la notion du temps ou la raison comme j'avais déjà perdu le sommeil, en train de me défaire, de m'effriter comme, sur les dessins, et c'est pourquoi ils m'intéressaient tant, ce village brusquement déserté et où étaient-ils tous allés, devant quelle menace encore perceptible avaient-ils fui ou étaient-ils tous là, agglutinés derrière chaque fenêtre à m'observer comme cette femme sur le pas de sa porte, je me suis levé, le catalogue serré contre ma poitrine, je suis revenu sur mes pas, son regard dans mon dos lourd comme un reproche, la rue longue à franchir, d'une ombre à l'autre, d'un échelon à l'autre comme sur l'allée de mon rêve.

*
* *

Le lendemain, jour de mon départ, j'ai garé la voiture à l'entrée du village et, pour la dernière fois, je l'ai traversé. Il était près de midi, la femme n'était plus là, d'ailleurs il n'y avait personne, tous devaient être à table. J'ai passé devant la ferme de l'oncle sans m'arrêter, j'ai pris la direction de la rivière. Je me suis assis sur la berge à l'endroit où s'était tenu le peintre pour dessiner le pont, il était parfaitement reconnaissable, il n'avait pas changé. Et sur l'autre bord, en face de moi, il avait dessiné le mur qui entoure la grande maison, un de ses côtés qui longe la rive, presque le pied dans l'eau et son reflet dans la rivière, un autre qui va se perdre dans un bois et c'est là que s'ouvre la petite porte de fer et, au-dessus du mur, on ne voit que la cime des arbres et le toit de la maison qu'il a représentée tant de fois, vue d'ici, de plus près, à travers la grille qui donne accès à l'allée bordée de bosquets, il en existe des dizaines de dessins dont j'ignorais alors l'existence, seuls quelques-uns étaient exposés dans la petite salle du musée, trente-deux exactement, de formats différents, certains, à l'encre de Chine, occupent une page entière d'un carnet de croquis, mais d'autres pages en comptent plusieurs, à l'encre bleue, au crayon, qui parfois se chevauchent, tous reproduits aujourd'hui dans un livre que j'ai acheté dès sa parution.

Je m'étais arrêté là d'où avait été dessiné le pont. De l'autre côté, la route, goudronnée maintenant, élargie, filait entre les arbres et seul un étroit chemin longeait la rivière. En face de moi, sur l'autre rive, il n'y avait bien sûr pas trace de mur ni de maison, jamais, cela a été vérifié et la vieille me l'avait confirmé, une maison ne s'était élevée à cet endroit où le peintre, un jour de printemps, après de longues semaines de pluie, il y avait eu des inondations cette année-là, vêtu de son vieux pardessus, de son pantalon taché de peinture, s'était tenu, à midi, sur le bord de la rivière, à l'endroit même où il avait dessiné le mur, quelqu'un l'avait vu, longtemps immobile et puis s'éloignant à grands pas sur le chemin frôlé, en partie submergé par le courant, et puis plus rien, peut-être avait-il glissé, il lui arrivait de boire, son corps repêché une semaine plus tard.

Et son image, celle d'un homme au regard enfoncé et fiévreux, au corps maigre dans des vêtements trop grands, n'avait plus subsisté que dans la mémoire des habitants du village, sauvée au moment où elle allait définitivement s'effacer par la découverte de cette photographie, resurgie en même temps qu'une partie de son œuvre, le jour où un collectionneur a retrouvé sa trace, la ferme de son oncle et le travail de ses dernières années.

Mais qu'avait en commun cet homme avec celui que l'on voit sur d'autres photographies, prises le jour d'un vernissage, qui se tient, élégant, souriant et très entouré, un verre à la main, devant ses toiles ? Et que savait-il encore lui-même, l'homme qu'il était devenu, de ses années de jeunesse, du peintre au talent précoce, aussitôt reconnu, de ses succès balayés par la guerre d'où il n'était revenu que pour fuir et demeurer caché, ignoré de tous, pendant des années avant de réapparaître ici, dans cette ferme cossue qui maintenant appartenait à une autre famille, puisque le fils de l'oncle était mort avant lui.

Je me suis levé. J'ai marché jusqu'au milieu du pont. Je suis resté accoudé au parapet à contempler l'endroit où il avait peut-être pris la décision de mourir, l'endroit où il s'est obstiné à représenter une maison qui ne s'est jamais dressée là ni même, si l'on en croit le critique qui a publié une étude sur ses derniers dessins, dans les environs. Est-ce, comme il le suppose, celle qu'il a habitée pendant le temps de son absence, dans laquelle sont déposées d'autres œuvres qui, si on la découvre un jour, nous seront rendues, comme celles de la ferme, ou qui resteront à jamais perdues ?

Je suis resté là longtemps, penché sur la rivière, à regarder se faire et se défaire dans le noir et le vert mêlés de son eau la silhouette d'un homme qui venait comme moi de traverser le village, la rue vide, portes closes sur les habitants réunis autour des tables pour le repas de midi, dans une familiarité qui nous est refusée, seul dans cette lumière qui brise les lignes, menace les volumes fragiles d'être privés d'ombres, la lumière des dessins, et tous ont parlé de leur silence, de leur absence de vie, mais regardez bien, mettez-vous à sa place, marchez dans cette rue à midi comme je venais de le faire, dans chaque détail, chaque brin d'herbe, chaque pierre, chaque fissure, on sent une menace, un cri étouffé, le peintre marche seul dans la clarté assourdissante, l'éclat corrosif de sa mémoire, de son regard, dans le tumulte, dans l'âpre discordance du monde affrontée dans chacune de ses œuvres sans qu'elle en devienne pour autant supportable.

Et je voyais trembler sur la rive et dans l'eau l'image et le reflet de l'image de cette maison qui, je le crois, n'existe que dans les dessins du peintre, née du pressentiment ou du désir d'une mort prochaine, si semblable à lui dans la solitude, l'enfermement de son haut mur ouvert par la petite porte de fer sur la rivière, l'image d'une maison qui m'est devenue si familière qu'il m'arrive, quand je voyage, d'avoir l'illusion de la reconnaître au bout du chemin. Mais je sais bien que, si je dois y pénétrer un jour, ce sera dans l'éblouissement de mon dernier sommeil.

Ce jour-là ?

J'ai eu beaucoup de peine à me décider à reprendre ma route.

LA MAISON

CE N'ÉTAIT qu'une maison de mots, bâtie pour y loger mes personnages, et comment se fait-il que celui-là, que je n'avais pas convoqué, s'y soit installé, la rôdeuse, l'inconnue, son sillage, dans le parc, d'ombres froissées, à l'intérieur ses frôlements d'ailes aux carreaux des fenêtres et, tout à coup, les plis d'un rideau soulevés par sa main, brièvement, dans la pénombre, son regard à l'affût qui s'amuse et, entre ses lèvres, l'éclair patient de ses dents ?

NOTES

Deux des nouvelles ont déjà été publiées et une a été lue à la radio et enregistrée sur un CD :

Le Pianiste a paru dans *La Revue de Belles-Lettres*, 1-2 2003 (texte I).

L'Éternelle Demeure, a paru dans le recueil collectif *Les lauriers fleurissent*, Lausanne : L'Âge d'Homme, Bibliomédia, 2004 (texte VII).

La Grande Maison, texte lu par Edmond Vullioud à la Radio Suisse Romande, Espace 2, et enregistré sur le CD « Pardessus le mur l'écriture, 2004 » (texte IX).

Et le petit texte sur la mort est paru dans le journal *Le Persil*, paru pour lu Salon international du livre et de la presse à Genève, 2005, sous le titre : « Une main sur votre épaule ».

Du même auteur

Les Routes blanches
Nouvelles
Lausanne : Éditions de L'Aire, 1986

La Part d'ombre
Roman
Yvonand : Bernard Campiche Éditeur, 1988
Prix Hermann-Ganz 1989
de la Société suisse des écrivaines et écrivains
Prix 1989 de la Commission de littérature
de langue française du Canton de Berne

Traduction :
Schattenteil
Traduit par Barbara Traber
Berne : Éditions Hans Erpf, 1991
Publié en feuilleton dans la *Neue Zürcher Zeitung*

De l'autre côté
Nouvelles
Yvonand : Bernard Campiche Éditeur, 1990
Prix Schiller 1991

Le Manuscrit
Roman
Yvonand : Bernard Campiche Éditeur, 1993

Traduction :
Das Manuskript
Traduit par Yla M. von Dach
Berne : eFeF Verlag, 1998

L'Étrangère
Nouvelles
Orbe : Bernard Campiche Éditeur, 1999

Le Livre d'Aimée
Roman
Orbe : Bernard Campiche Éditeur, 2002
Prix Bibliothèque Pour Tous 2003
Prix 2004 de la Commission de littérature de langue française du Canton de Berne
(également pour l'ensemble de l'œuvre littéraire)

Cet ouvrage,
qui constitue l'édition originale de
« Une main sur votre épaule »,
a été achevé d'imprimer
en novembre 2005
sur les presses
de l'Imprimerie Clausen & Bosse,
à Leck